汉词美景

America's National Parks and Historical Places
in Chinese Classical Song-Ci Style Poems

倪　镳／著

文匯出版社

图书在版编目（ＣＩＰ）数据

汉词美景 / 倪镴著. -- 上海 : 文汇出版社,
2016.11
ISBN 978-7-5496-1895-8

Ⅰ. ①汉… Ⅱ. ①倪… Ⅲ. ①诗词—作品集—中国—
当代 Ⅳ. ①I227

中国版本图书馆CIP数据核字(2016)第242313号

汉词美景

倪　镴／著

责任编辑／乐渭琦

装帧设计／张　晋

出 版 人／桂国强

出版发行／**文匯**出版社（ 上海市威海路755号　邮编200041 ）

印刷装订／上海锦佳印刷有限公司

版次／2016年11月第1版

印次／2016年11月第1次印刷

开本／890×1240　1/32

字数／28千

印张／7

ISBN 978-7-5496-1895-8

定价／48.00元

序

　　心弦每每因北美的山川雄奇而动。如果你来自曾经盛行曲水流觞的吴越江南，试问君将如何吟唱？新大陆的每一位来者既与他人分享同样的阳光空气，也携来各自源远流长的文化基因，将这里的多元织就愈益丰富绚烂的图景。基于此情此思，作者愿循典雅瑰丽的中华传统辉映北美的风光绮彩，平添一道独特的文化风景线，也告慰原乡故土的父老——华夏文脉播之四海，有人薪火相传。

　　美国有众多的国家公园和历史遗迹，分布于全国五十州各地。现于每一州选取景点，并因应所有景致的独一无二，择百种左右无一重复的宋词词牌，咏诵名胜，寄情抒怀。所用词牌格式以近人龙榆生《唐宋词格律》或清康熙年间编定《钦定词谱》为准，用韵则循清人戈载《词林正韵》。

　　旧体诗词至于近代而式微，能循格依律作之者日稀。词又"别是一家"（李易安语），有依协音律的格外要求。如今音律不存，欲循例考究可谓难。虽作努力，然自问诚如易安所指"知之者少"。世间当有高手，识者敬请指疵，使我等欲步前人后尘者获益。

　　全球化的今天，各国人民交流日增，国人访问游览美利坚也渐成潮流。如若呈现于此的小词能为读者了解美国的山川风景和过往历史增添些许信息，或因之而促使读者做进一步探究，则作者引以为幸；而在偕读者一同领略异域风光和接触不同文化时，通过承自先人的精致方式，若能唤起读者共鸣甚或提供一种与众不同的愉悦感受，则是作者的莫大欣慰。

If you are a reader with English as your native language and you are enchanted by the elegant aspects of Chinese culture, particularly as expressed through Chinese classical poetry, then you may enjoy this compilation of poems for both style and substance. These poems, composed in the Chinese classical Song-Ci style, are an exquisite ode to America's national parks and historical places, with many of which you may be familiar. Lyrical and refined in form and wording, these Chinese classical poems take you on a journey to the natural and historical wonders of America, bridging cultures and bringing the vivid beauty and magnificence of such places to life.

倪　鑢

于通西门城郊　榭门园居

时维立夏，岁在丙申

目录

序 /

I

2

7

9

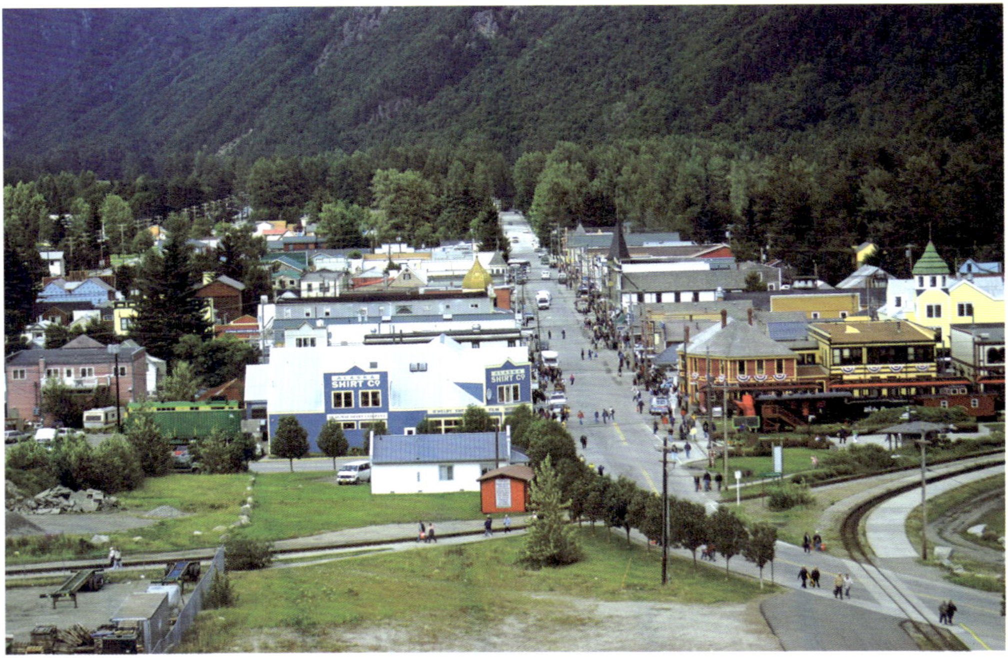
SHIRT Cº
SHIRT Cº

浣溪沙

·淘金小镇
(Klondike Gold Rush–Skagway, Alaska)

老屋斑墙门半开，
明灯赤壁照邻阶，
匾铭高挂酒旗挨。

车水马龙何处是？
淘金梦去散云霾，
悲欢旧事锁长街。

伤春怨

· 淘金残舟
(Chilkoot Trail, Klondike Gold Rush National Historical Park, Alaska)

远隐寒山雾，
旷谷崎岖无路。
败叶满沟塘，
却显荒舟龙杵。

奋狂淘金旅，
不尽凄凉诉。
祭酒洒飞花，
有道是、随人去。

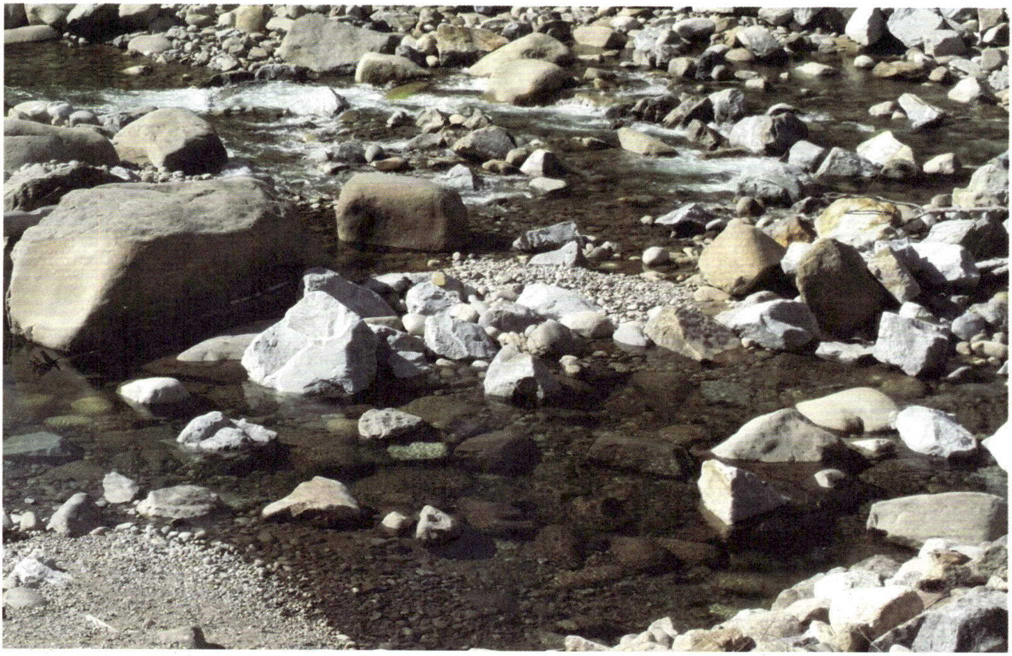

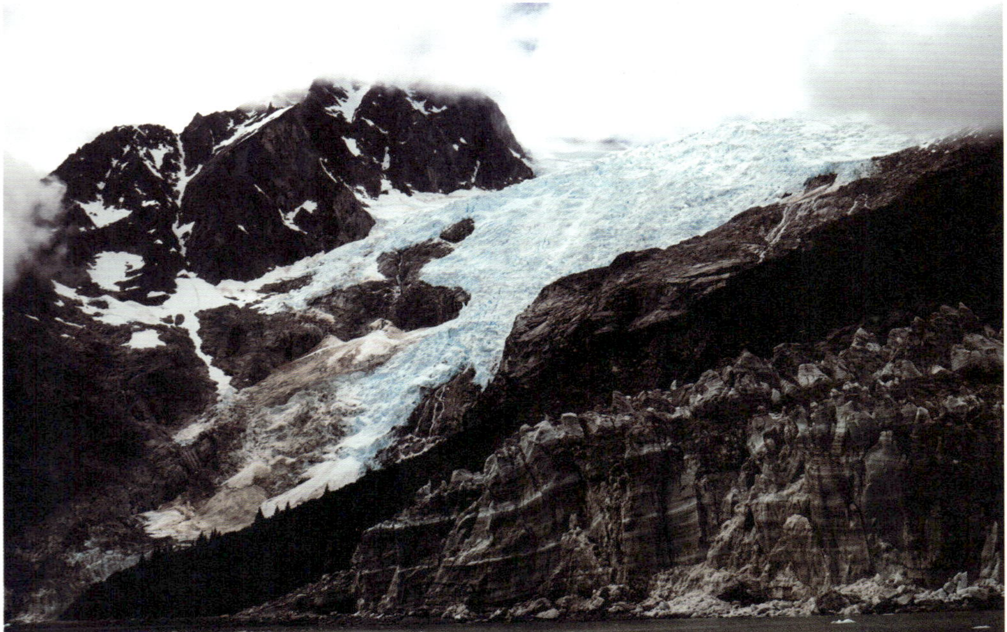

声声慢

· 冰川湾
(Glacier Bay National Park, Alaska)

琼峰耸峻，聚涌泠莹，晶宁海市幻蜃。
险壑银川长泻，恰凝流韵。
坡斜冻挂雪掩，怵怵然、峡间风紧。
凛冽里，对寒棱、顾盼远山烟隐。

褐谷坚冰如盾，玑灿集、千年不曾消陨。
积压堆丛，探海斩波试刃。
青光璧琮拥脆，冷飕飕、帛裂阵阵。
白浪起，碎玉下蓝水暗綮。

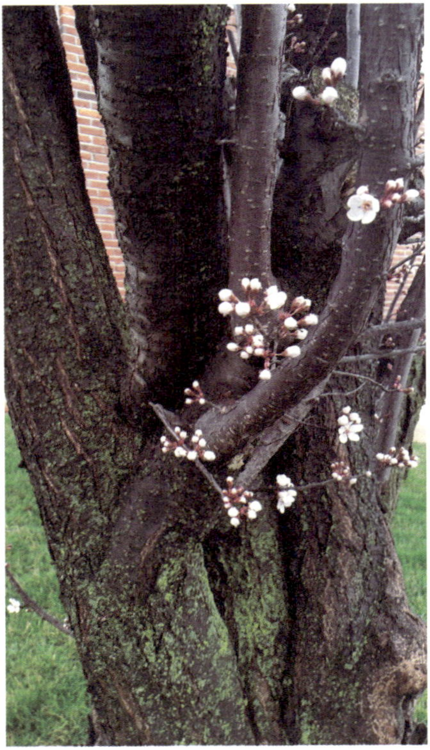

少年游

·黑人兴学
(Tuskegee Institute, Alabama)

石阶砖厦竖明窗，
灼见启新庠。
率先领首，百年益进，兴学育人昌。

习书围读时光长，
隽秀满厅堂。
一族精英，驱前继后，天下遍菁梁。

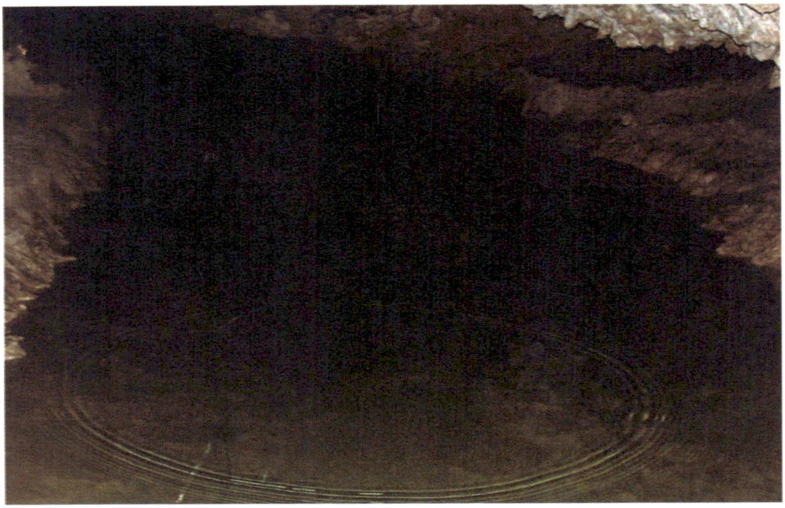

祝英台近

· 卢塞尔穴洞[1]
(Russell Cave National Monument, Alabama)

隐深幽，阴古木，砂净冷清渚。

石破岩开，绿掩洞犹露。

风生岭底泉流，穴居崖蔽，

巧东向、日光和煦。

庇天府，幸甚朝夕遮风，经年也无雨。

短矢长竿，猎鹿入空釜。

偶来湖客闲居，海湾行旅[2]，

有道是、泱泱人聚。

---

[1]此洞有近万年来不同时期的人类居住遗存。
[2]考古实物显示古洞居民与大湖区和墨西哥湾的住民有贸易往来。

相见欢

· 温泉
(Hot Spring National Park, Arkansas)

绿枝隐处清泓，吐云蒸。
引去畅庭深苑化烟腾。

汤香靡，熏人醉，入琼瀛。
却是浑吞催汗露生凝。

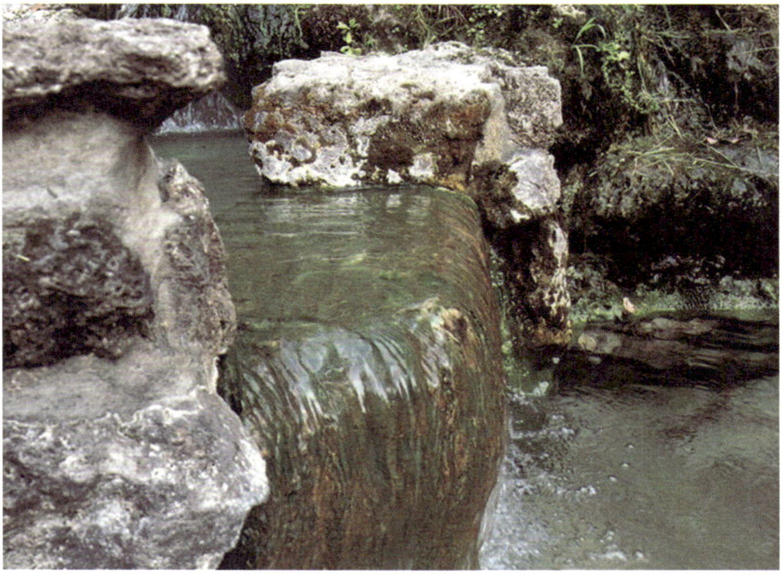

ENTERING
NAVAJO RESERVATION
U.S. DEPT. INTERIOR
RIVER
UTAH
ARIZONA
COLORADO
NEW MEXICO

卜算子

·纳瓦霍印第安遗址
(Betatakin Ruin, Navajo National Monument, Arizona)

嶂壁拱虹檐，崖洞空凝静。
不见殷人①自往来，灰满攀缘径。

垒屋矩成方，栉比山墙挺。
宿命荒原搏死生，戚告行踪罄。

---

①代指印第安原住民。

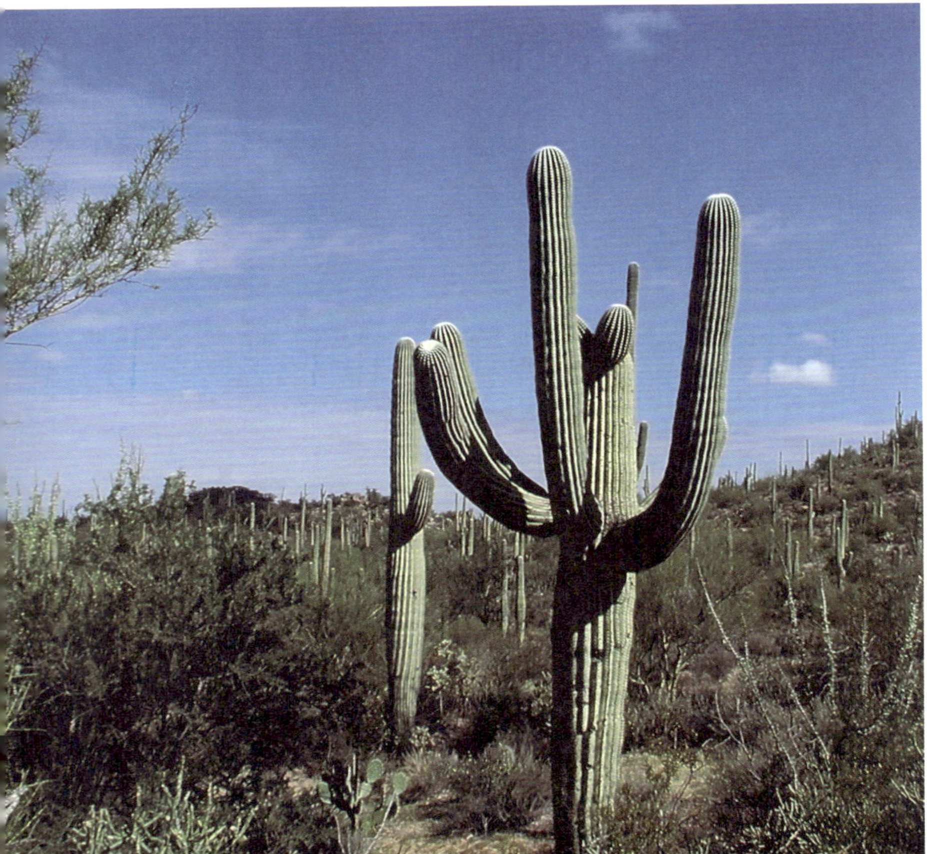

采桑子

·巨仙人掌
(Saguaro Cactus, Saguaro National Park, Arizona)

砾黄一色沙原里，独立孤茕。
荒野飘零，举臂迎风翠柱擎。

皱肤肉鼓纹芒刺，顾自生青。
南国①多情，绿掌仙人伴客行。

---

①亚利桑那 (Arizona) 州在美国西南部，与墨西哥接壤。

沁园春

· 大峡谷夕照
(Sunset in Grand Canyon National Park, Arizona)

远道斜阳，放眼平巅，八面彩帏。

恰凝红晚照，苍茫深谷，妍光洒染，浩宇呈辉。

赭石层峰，丹朱削壁，幻色缤纷赛玉玑。

轻烟里，衬悬山腰细，危柱矜持。

流连长峡芳菲，不曾忘浑河几度随。

贯高原奔泻，剥移切蚀，凌波涤荡，涌浪湍飞。

銮割廊成，阜陵爪阵，沟堑淘沉磐岭巍。

千秋岁，显天工鬼斧，雕凿神奇。

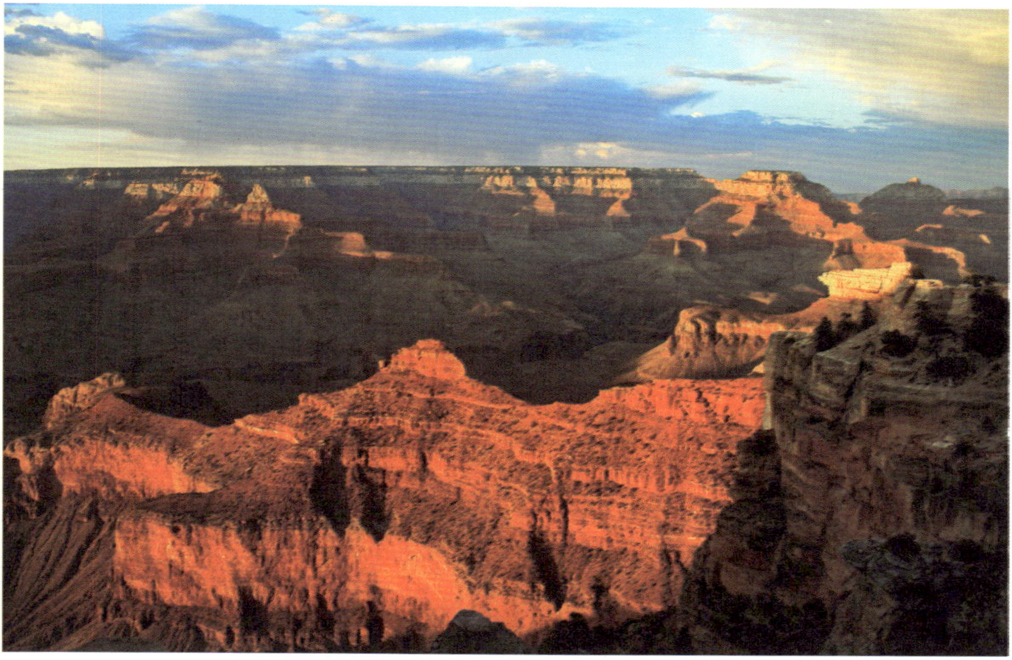

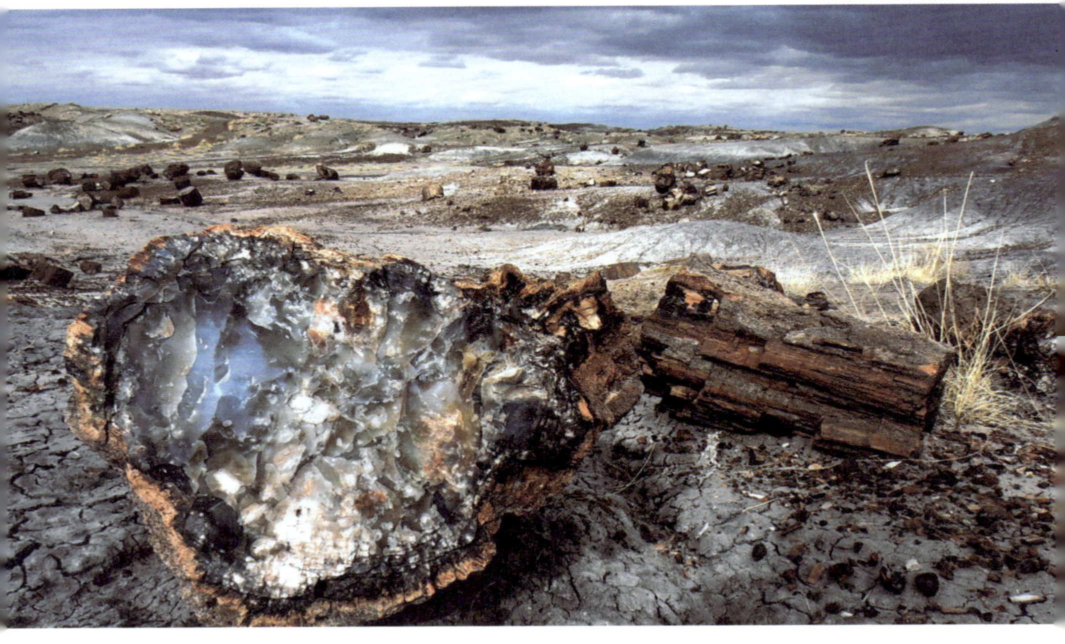

生查子

· 石化木
(Petrified Log in Petrified Forest National Park, Arizona)

横卧理年纹，硕壮千年树。
方辨皱皮皴，化石才惊觌。

何计托身躯，不惧蛾蛉蠹。
文采润精诚，青史芳华驻。

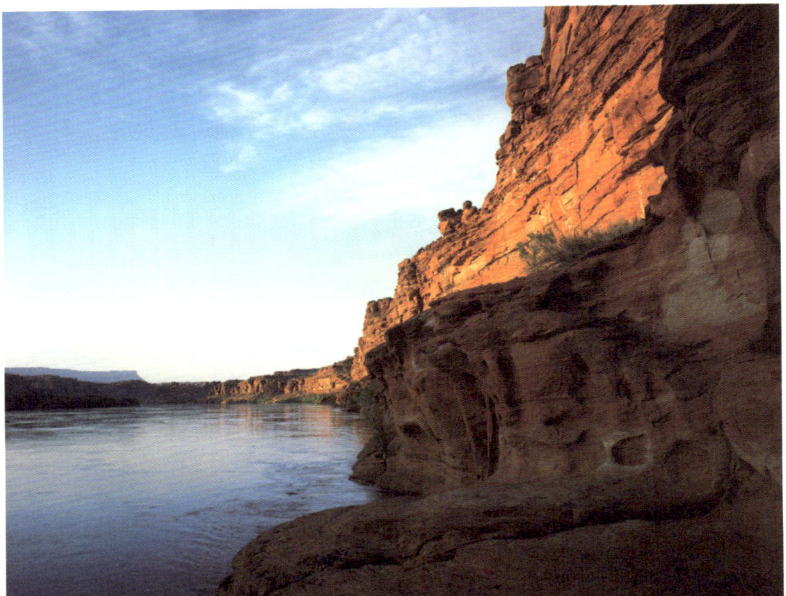

醉太平

· 峡谷中的科罗拉多河
(Colorado River in Grand Canyon, Arizona)

丹崖丽晨，帱廊秀真。
峡高水映昆仑，
染环山遍殷。

娇娆孟春，河清翠濒。
砾滩赤壁嶙峋，
看凌波碎银。

八声甘州

·金门大桥
(The Golden Gate Bridge, San Francisco, California)

看弥天雾霭化寒烟，涌泄矗丹彤①。
正晨岚拂散，峡门雄阔，横贯飞虹。
掠浪轻鸥宛转，比翼竞高风。
悬索长桥引，跃海临空。

谁识云霓天路，遍香车骏驾，接尾衔龙。
更游人如织，倩影闪惊瞳。
想当年、塔楼钢缆，算几番、奇迹立碑丰。
曾知否、恰风流处，举世追从。

①为便于在多雾有云的海峡中辨认，金门大桥通体漆成桔红色。两悬索立柱高挺，
尤瞩目。

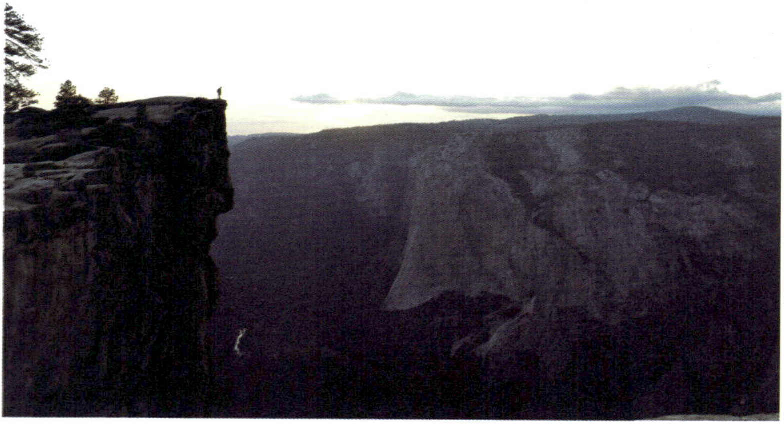

钗头凤

·冰川岭绝顶
(Cliff Top of Glacier Point, Yosemite National Park, California)

麻松雉，妍黄卉，小虫鸣爽林深里。
晴天碧，秋阳炙。
攀高凌顶，竖崖如劈。
直，直，直！

岩犹坠，云生霁，壁开缝裂风凌厉。
田园隔，人烟集。
悬身天宇，胆寒心涩。
怵，怵，怵！

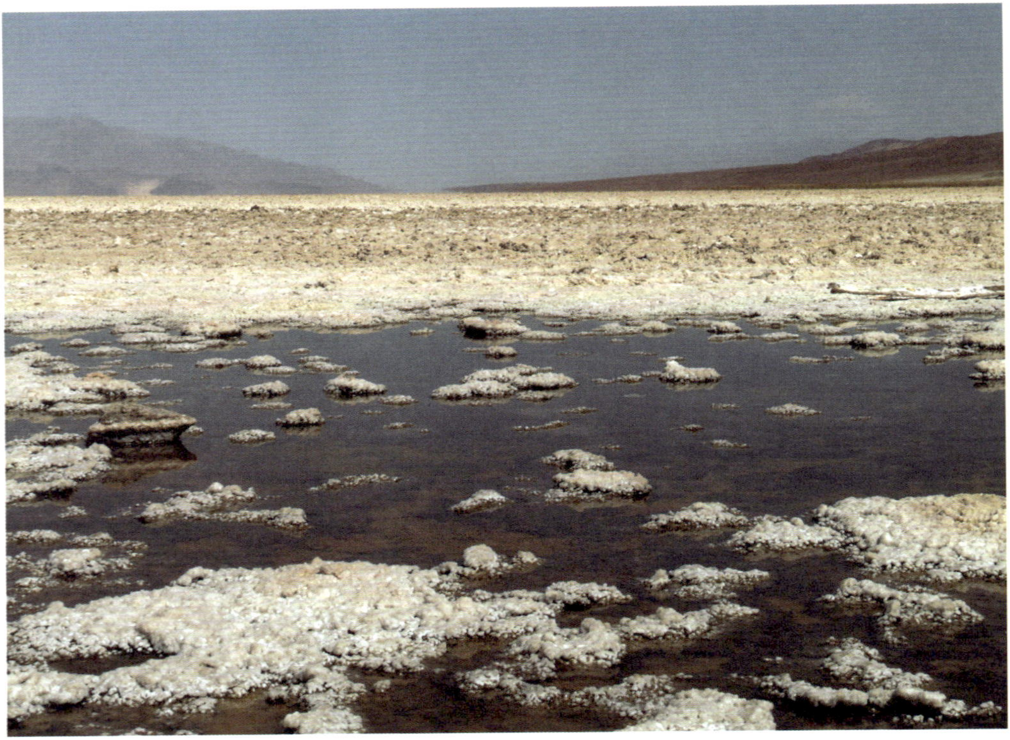

点绛唇

旷远晴空，缀银飞白宽盐谷。

聚凝堆蓄，遍野层层覆。

碱结晶莹，纹起团花簇。

渊池伏，玉阶琼筑，

溶水盈盈绿。

凤凰台上忆吹箫

· 记尤金 . 奥尼尔旧居[①]
(Eugene O' Neill' s Tao House in Danville, California)

鳞瓦明墙，柱廊添秀，浅窗闹彩平楼。
觑退思庭院，几朵花羞。
才现炉卤壁暖，方暗透、比利[②]风尤。
西文叟，鲲鹏解否，也唱遥游[③]。

悠悠！ 道常道矣，千百载承传，古意难周。
念既生长衍，初始持留？
尘世纷纭清浊，应顾自、离远他求？
无为守，荣衰乱争，绝弃消愁？

---

① Eugene O' Neill 为美国唯一荣膺诺贝尔文学奖的剧作家。
②比利牛斯 (Pirineos) 山位于西班牙和法国分界处。此处借指"道"屋的部分西班牙
建筑风格。
③《庄子 · 逍遥游》有巨鲲大鹏寓意，极尽想象之能事。

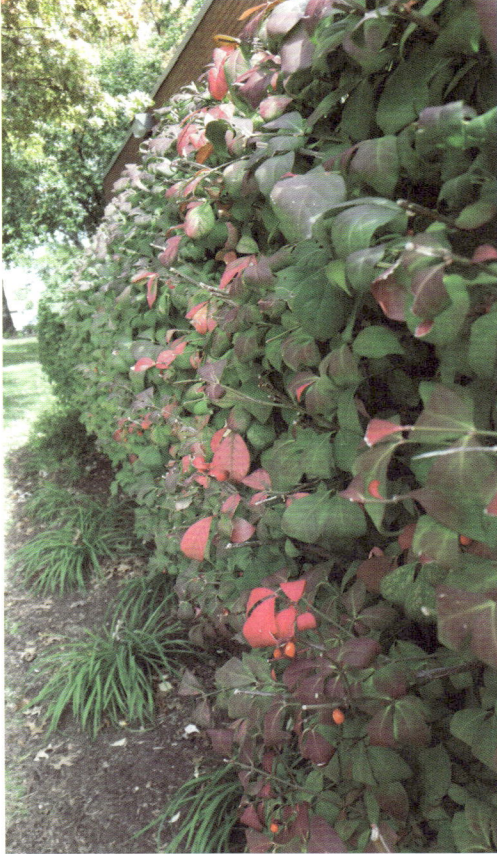

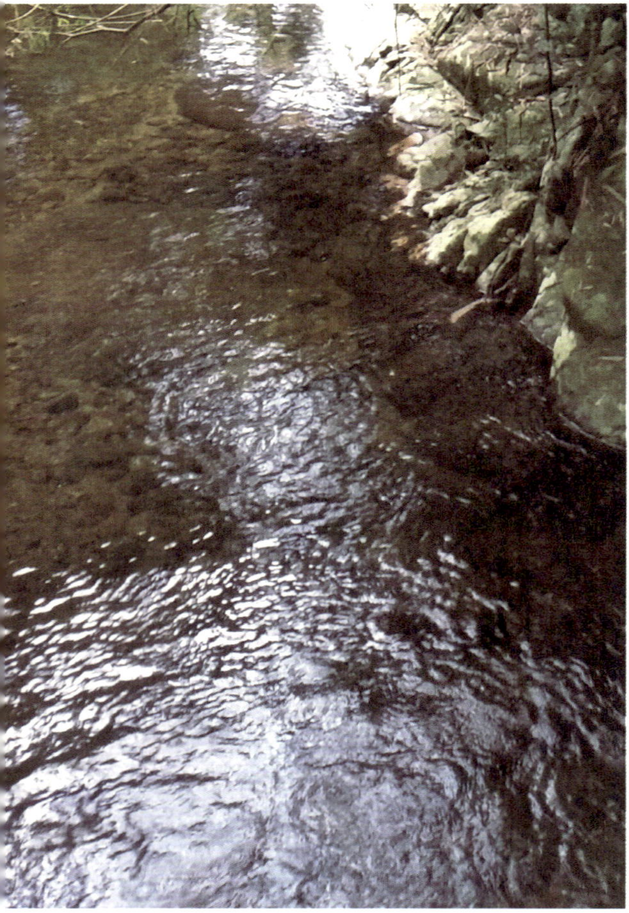

好事近

· 青蕨峡

(Fern Canyon, Redwood National Parks, California)

叶蕨绿高崖，清水曲溪幽峡。

浅翠黛青垂壁，百丈夔门合。

植岩厚蕖缀新柔，羽柄忍羞搭。

半湿古藤沉木，习习凉风飒。

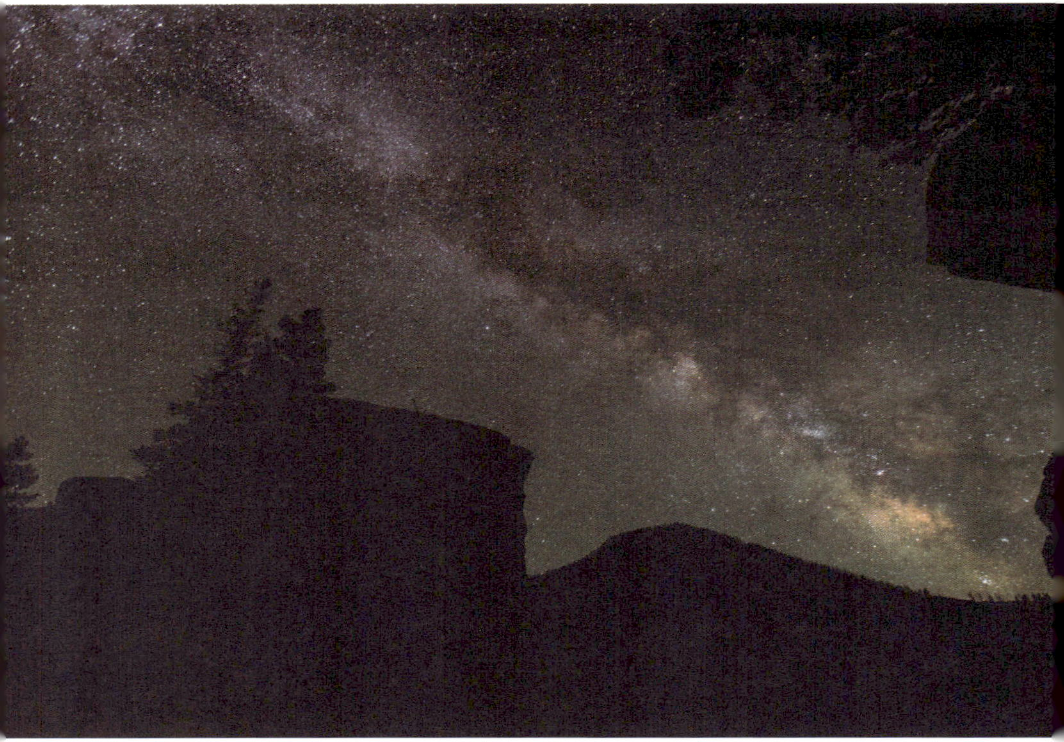

解佩令

· 山野星空
(Night Sky in Yosemite National Park, California)

空穹幻魇，繁星染晕。
起山风、虫鸣时泯。
暗度纤云，卧广宇、银河光紊。
有珠玑、疾飞远陨。

危峦显峻，蟠松伏隐。
透幽明、群山低觐。
峭壁崖台，拾级登、鹊桥廊引。
叩天宫、竟如许近。

満江红

· 红巨杉
(Sequoias in Sequoia National Park, California)

古木薰馨，朱红暗、巨杉群落。
生骨突、袒根瘤起，裂皱粗朴。
茂叶繁枝蓬聚顶，浑围丹赤魁英魄。
云空里、透凛凛威风，擎天岳。

烟山景，姿绰约。
幽谷远，珍奇索。
辨年轮数祖，万真千确。
百纪[①]宿耆轻易事，壮雄名冠称勋爵[②]。
年年去、任雨洗霜侵，甘霖濯。

36

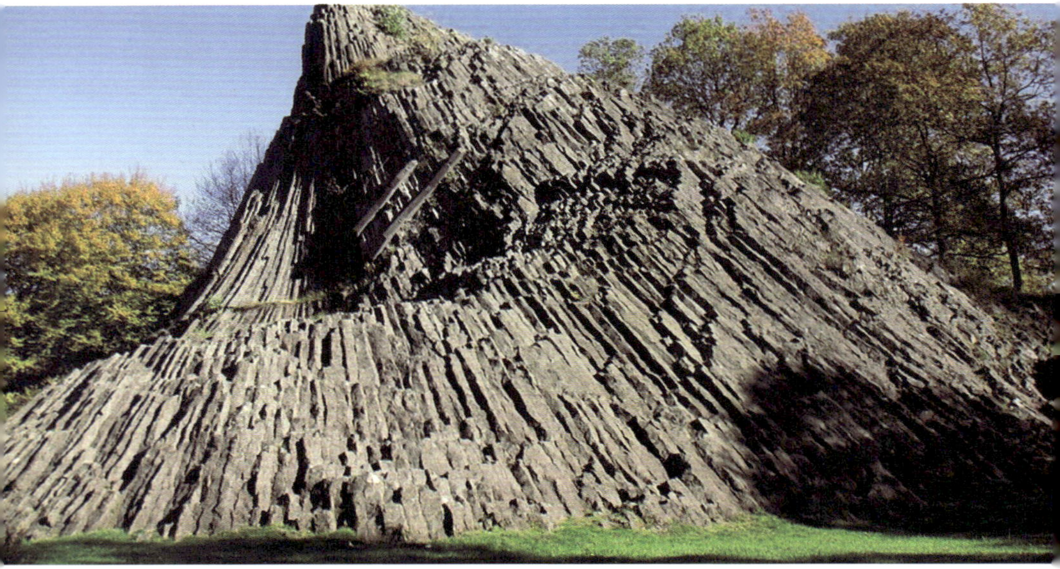

千秋岩

· 玄武岩石林
(Columnar Basalt in Devils Postpile National Monument, California)

岭巅松踞，岩脊参差露。
垂壁立，蜂巢柱。
斜倾如竹拗，高耸成林聚。
惊亘古，化缘造物奇观铸。

溯远熔殷武[1]，屏息凝流固。
今仰首，神驰处。
半坡棱石断，满壑危棋布。
银汉渡，瀑帘滑泻抛星雨。

---

[1] 玄武岩为赤黑色。

---

①迁置营所在地 Manzanar 一词的西班牙语原意是苹果树园。

②营地石砌岗亭标志仿当年书"宪兵哨岗 (Military Police Sentry Post)"。

③营区墓地建有日式灵塔，镌文"慰灵塔"。

④《梁书·扶桑国传》："扶桑在大汉国东……"因借指日本。

⑤第二次世界大战中，日军于 1941 年 12 月 7 日袭击美国夏威夷珍珠港，是时任美国总统罗斯福 (Franklin D. Roosevelt) 迅速于 1942 年 2 月 19 日签署行政令，是建立日裔美国人迁置营的直接原因。

⑥第二次世界大战临近结束之际，美国分别于 1945 年 8 月 6 日和 8 月 9 日在日本广岛和长崎投下原子弹，造成惨重伤亡。

扬州慢

· 二战日裔美国人迁置营
(War Relocation Center, Manzanar National Historic Site, California)

坡坦毗连，岳横遥阻，果园①旧影无形。

正西风习习，瑟肃掠川平。

捲沙起、狼烟散尽，独留孤立，监哨方亭②。

搏存亡、殃及无辜，收繫关营。

累冤积怨，到如今、怀恕昭宁。

祭石塔③安魂，扶桑④礼义，深慰先灵。

袭港⑤爆轰⑥犹在，恩仇去、史册新呈。

怯生生、偏怕来年，如许重萌。

41

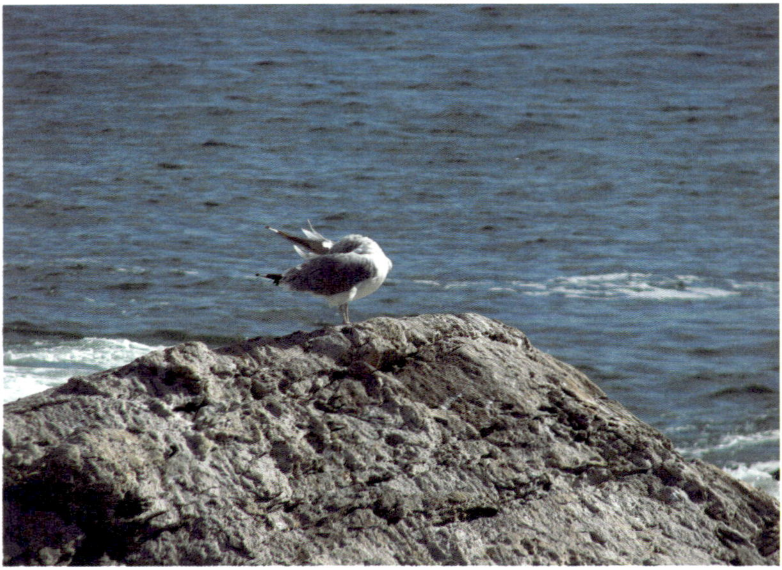

谒金门

· 灵感角

(Inspiration Point, Channel Islands National Park, California)

山挺脊，
游贯险峦青砾。
滔海浪宽礁堡隔，
涌波星屿湿。

陌岛石侵沙蚀，
嵌绿藓苔踪迹。
正落日栖霞历历，
淼迢烟水碧。

忆秦娥

· 半穹崮
(Half Dome, Yosemite National Park, California)

岗原寂，
崮峦半缺天成壁。
天成壁，
古今霜雪，错章纹砾。

镜湖滑石飞泉急，
深沟巨壑冰川迹。
冰川迹，
斜阳远照，皓穹辉赤。

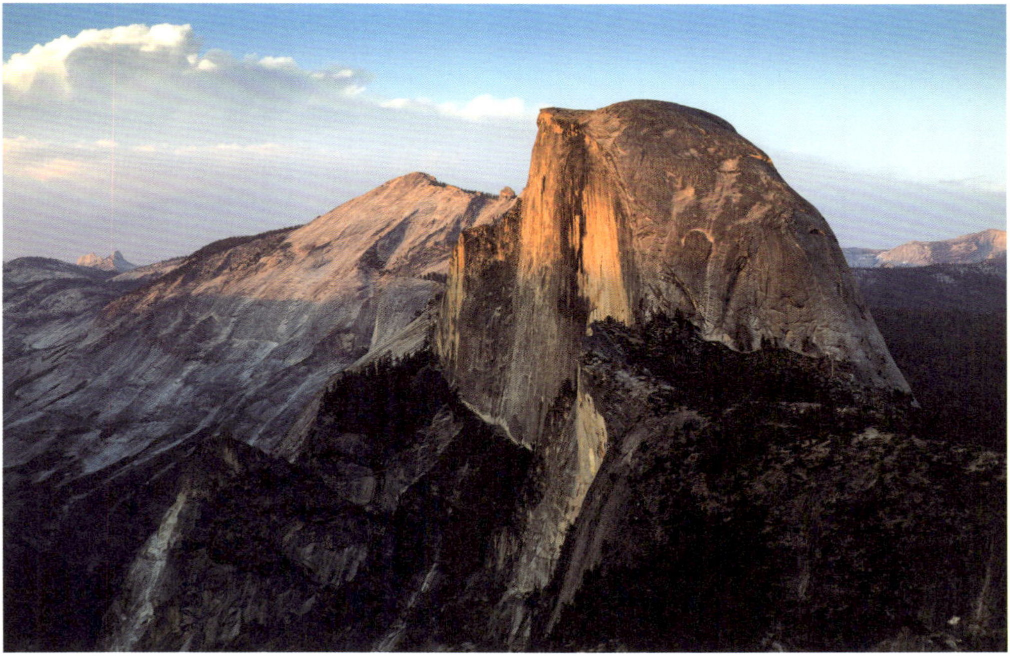

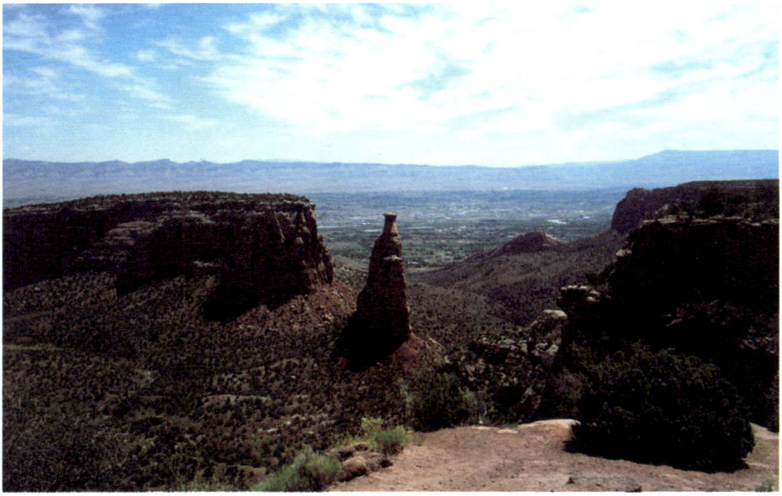

荷叶杯

· 独立石
(Independence Monolith, Colorado National Monument, Colorado)

试武擎刀兵俑，
高耸，正严森。

恰威风独立颜厉，
豪气，展衣襟。

· 黑峡谷

(Black Canyon of the Gunnison National Park, Colorado)

峭坪岸，极目处、千峰连贯。

壁呈隙深纹浅，驻云远。

艳阳灿，峡影黑、浮青积靛。

分明任晴攸转，化幽晚。

流缓，显澄江白练。

垂帘叠嶂，阻激起、碧浪频飞涧。

尘烟新洗寄轻霾，

对江山景移，直悲人事如幻。

唤萦崖眩，彩帜遥招，好汉登攀一线①。

不甘懈怠齐争擅。

① 峡谷的悬崖峭壁是登山爱好者的最爱。

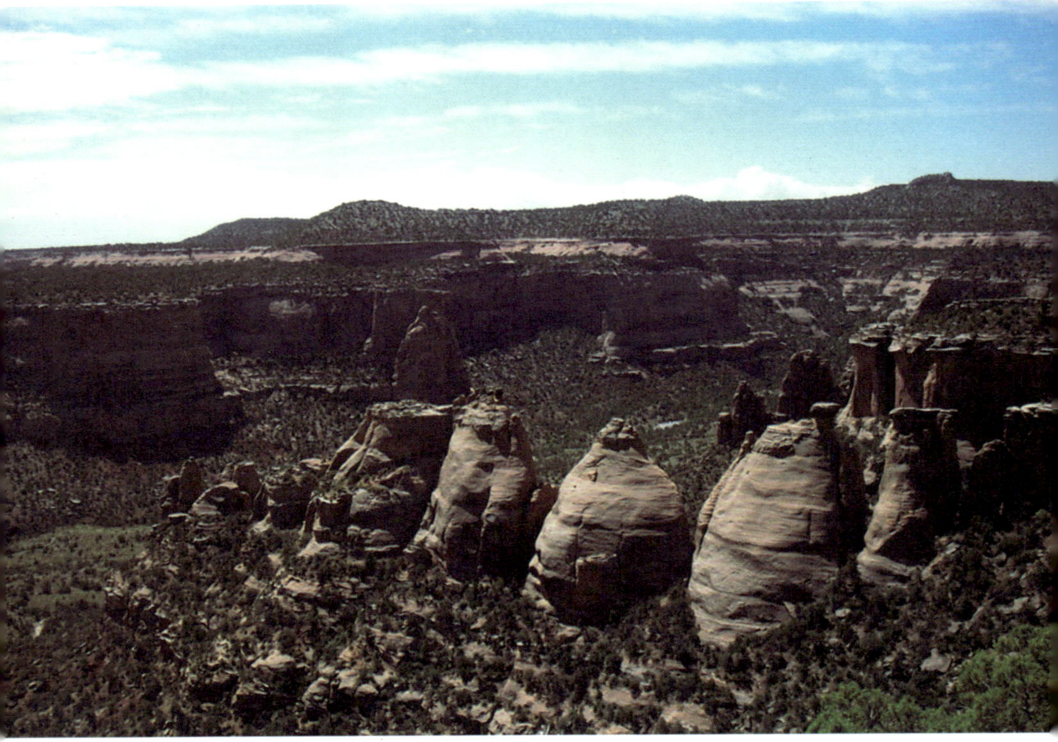

水调歌头

· 科罗拉多国家纪念地
(Colorado National Monument, Colorado)

突兀赤岩立，危麓起城垣。
峡开豁朗，红砾朱壤坦平宽。
零散凝青桧柏，簇聚抽新蒿草，
星点满沙原。
长路胜飘带，谷底引蜿蜒。

天地阔，万物竞，展欢颜。
少年励志勤奋，心许建功还。
空洗低川归野，风隐高穹音寂，
世事化轻烟。
究竟自然里，无语看崖悬。

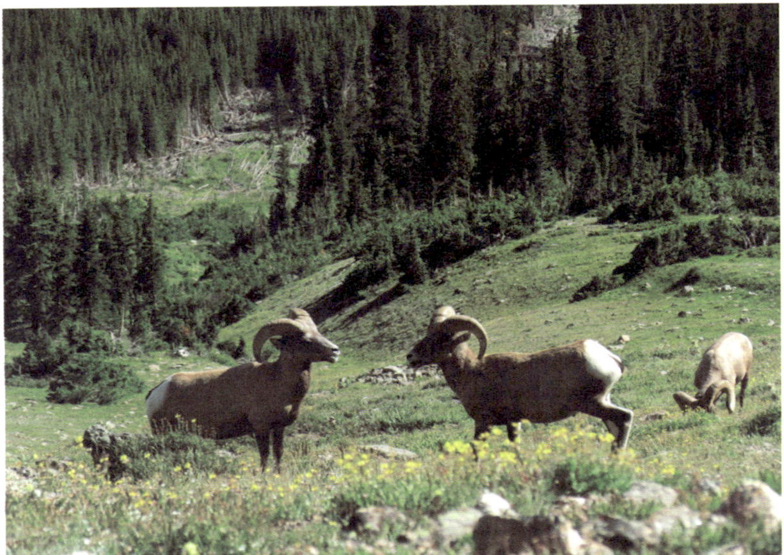

行香子

· 落基山大角羊
(Rocky Mountain Bighorn Sheep, Colorado)

芜草青妆，崎石杂彰。

举坚犀、颔首徜徉。

犄痕累叠，沉重弥刚。

觑角儿卷，唇儿白，毛儿黄。

如云远足，矫健群羊。

过千山、涉略蛮荒。

追风乘兴，小聚凭双。

看前山斜，高山峻，远山长。

玉蝴蝶

· 落基山斫石
(Rock Cut in Rocky Mountain National Park, Colorado)

危峦堆砌隆皴，鹰隼石嶙峋。
夕色照缤纷，崖台有彩纹。

云低沉峡暗，天远薄昆仑。
寥廓怅无垠，独居无所亲。

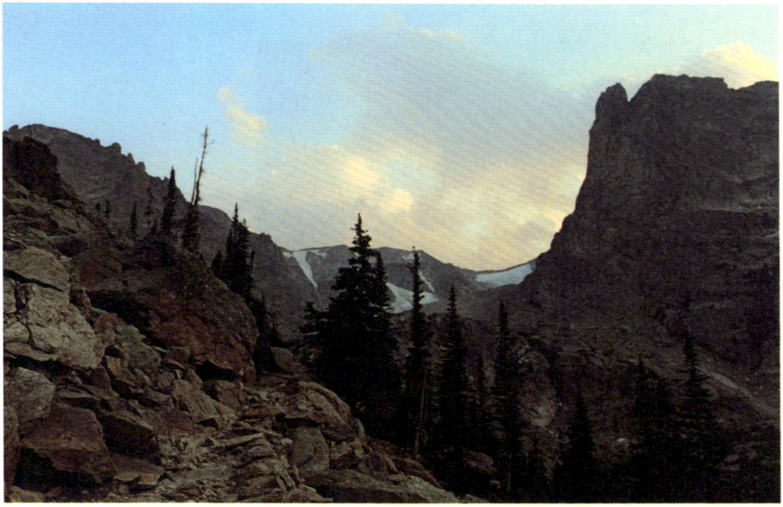

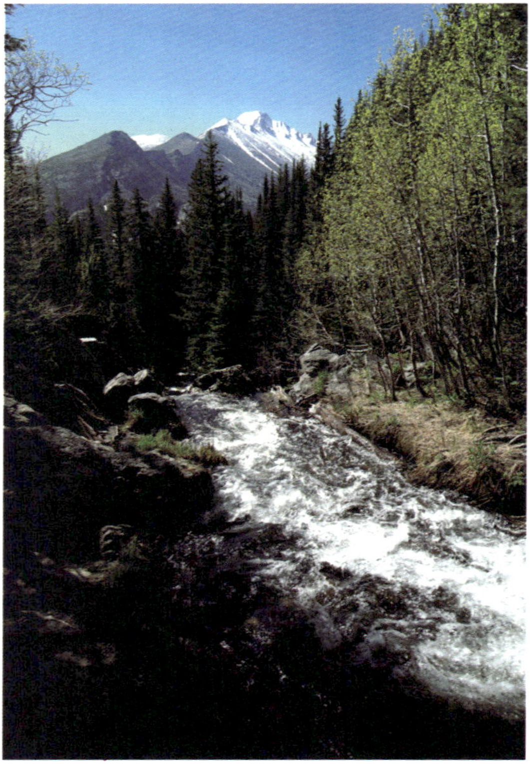

虞美人

· 落基山梦湖
(Dream Lake in Rocky Mountain National Park, Colorado)

浩峰[1]消雪横斤斧，
险嶂山门铸。
绿林扰静且听空，
一袭天池清冷起微风。

浪侵乱石层纹渺，
犹见萋萋草。
晴波潋滟逐云钩，
梦里长天秋水是乡愁。

---

[1] Hallett Peak 下是梦湖所在。

苏幕遮

· 蒸汽火车铁路
(Essex Steam Train of the Valley Railroad, Connecticut)

绿林间，分道轨。
秋爽天晴，车吐云蒸气。
长卧平阳龙接尾。
铁甲风驰，迎客山阴里。

走通途，怀旧徙。
往事尘烟，新梦由谁寄。
轮滚轰鸣炉正炽。
笛奏高扬，欢畅消闲意。

①青铜自由神雕像 (The Statue of Freedom) 立于国会大厦穹顶之上，其冠有鹰。
②借十二铜表法 (The Law of the Twelve Tables {*Leges Duodecim Tabularum*}, ~450 B.C.) 代指罗马共和代议政制。
③英国从大宪章 (Magna Carta, 1215) 时代起，以成文法限制统治者 (国王) 的权力，开启民权。

菩萨蛮

· 国会山
(The United States Capitol, Washington, D.C.)

圆穹广厦遥天邸，
众参议院连阶陛。
玉宇耸高丘，
护神①鹰冕道。

凝威擎柱立，
铸史檐图壁。
罗马溯铜铭②，
英伦传宪③承。

风入松

·要塞
(Fort Delaware, Delaware)

曾闻孤岛过船樯，货散豆花扬^①。
封楼筑垒清波引，五星坞、要塞河防。
巨炮淋寒经暑，整齐石壁烟苍。

不期兄弟阋于墙，险隘困俘伤。
凭争葛堡关营挤，乱纷纷、占室侵廊^②。
怨怼恩仇都去，唯留青史沧浪。

---

①要塞所在的小岛因运豆货船搁浅，豆撒于岛遍长而得名 Pea Patch Island。
② Gettysburg 一役南方战俘过多，要塞作为战俘营一度管理混乱。

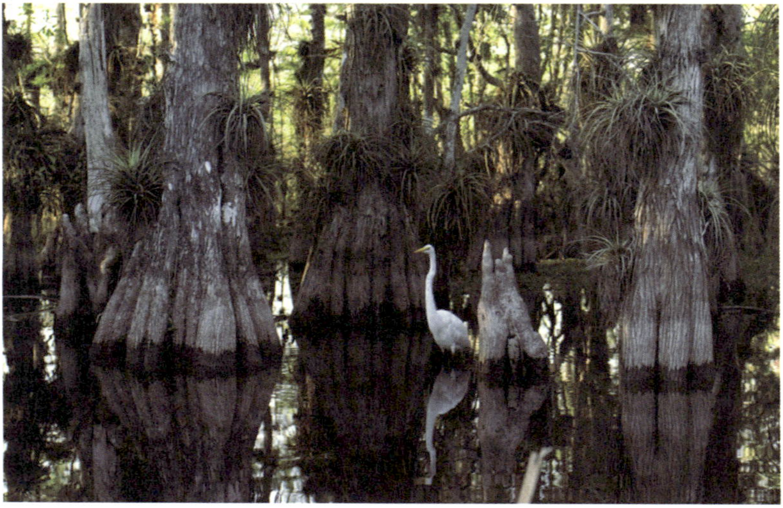

暗香

· 泽林闲鹤
(Crane in Everglades National Park, Florida)

叠阴影绰，聚几多老树，裙根斑驳。
结穴挂兰，碧黛萌新翠轻跃。
光似银蛇萦舞，尤照见、漂萍清浊。
冷僻处、一点茵黄，香隐有花萼。

闲濯，是白鹤。
正盼顾视凝，予立单落。
颈长顶爵，回望连连羽频掠。
神寄瑶池世外，明镜里、逍遥宁泊。
但寂寂、声断续，细听瑟索。

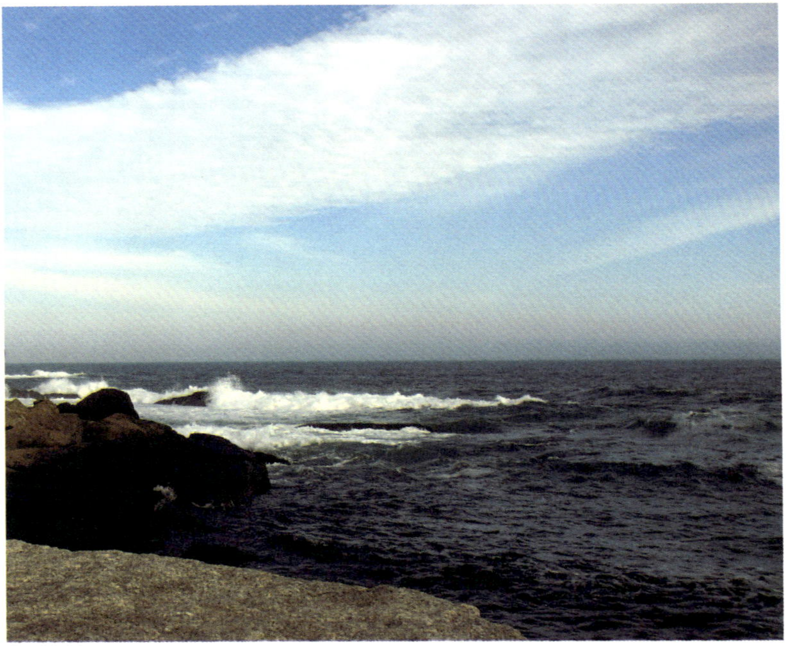

金人捧露盘

海澜苍，天一色，遍汪洋。

涌浪捲、浩宇无疆。

星连岛练，串绿莹珠翠缀奇妆。

白沙纹细，展平滩、长屿流镶。

游仙记，桃源梦；休憩地，胜天堂。

竟自往、与舞轻裳。

乘风沐海，且逐波淘贝久倘佯。

返真童趣，但贪欢、不管骄阳。

67

忆余杭

· 小说《随风而逝》[1]写作处·
（Margaret Mitchell House, Atlanta, Georgia）

曾忆荧屏，独对回廊林篌影。

南邦[2]浪漫早依稀，旧景引人追。

寂岑温婉西楼里，捉字击敲已伤逝。

后人游历探芳菲，默默思幽微。

---

① 《Gone with the Wind》流行所译书名为《飘》。
② The Confederate States of America.

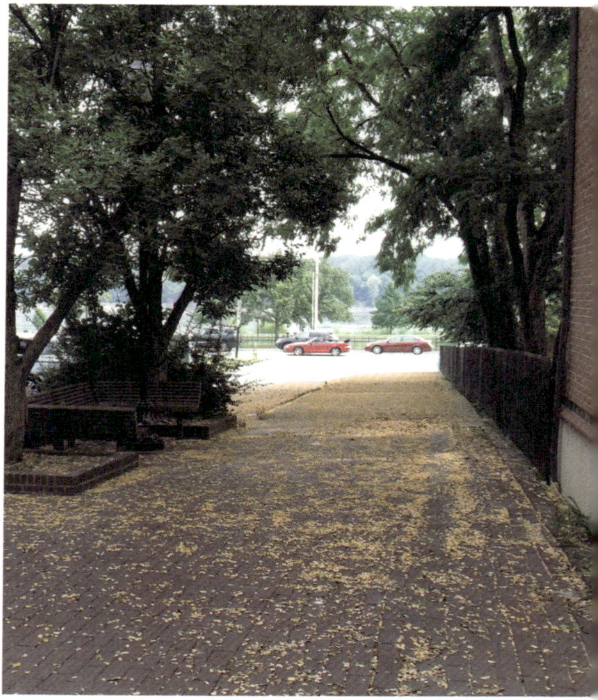

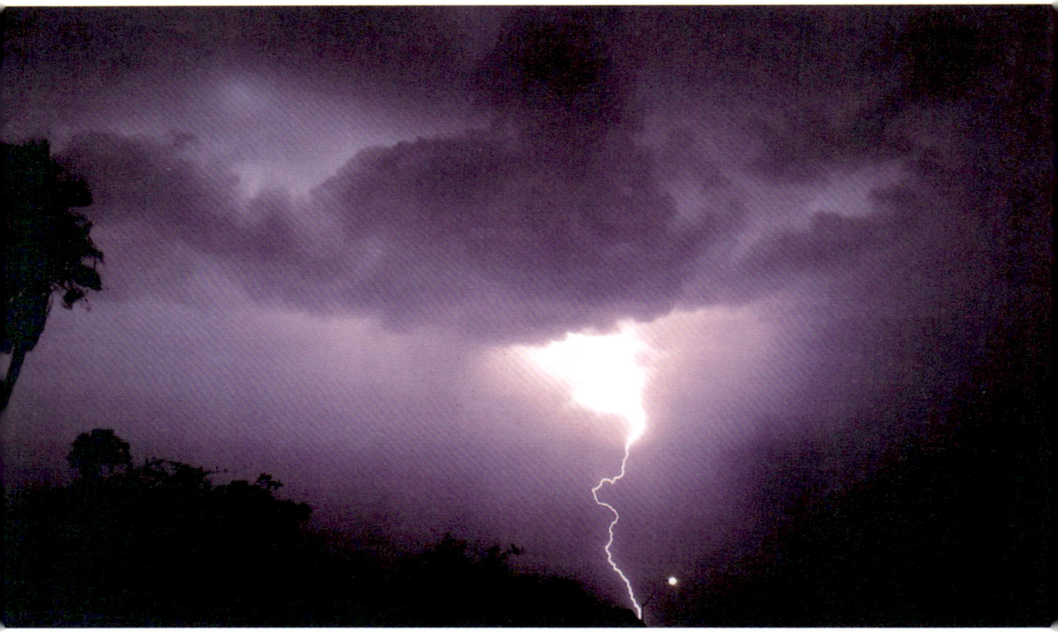

雨霖铃

· 海空雷雨
(Lightning Storm at Cumberland Island National Seashore, Georgia)

波平风歇，遍空滩静，雨幕蒸突。
扶摇直立棕树，孤尤影偓，云低堪撷。
乍起雷鸣电击，射朦霭光烈。
震淼淼、宽海长涛，暮野沉沉九天阔。

倾盆覆水朝天缺，更惊心、亮闪生明灭。
浑天一色霾雾，烟笼岸、草依沙叠。
伟力天然，端是、奇观壮景称绝。
巧遇得、难觅风情，恨不人人瞥。

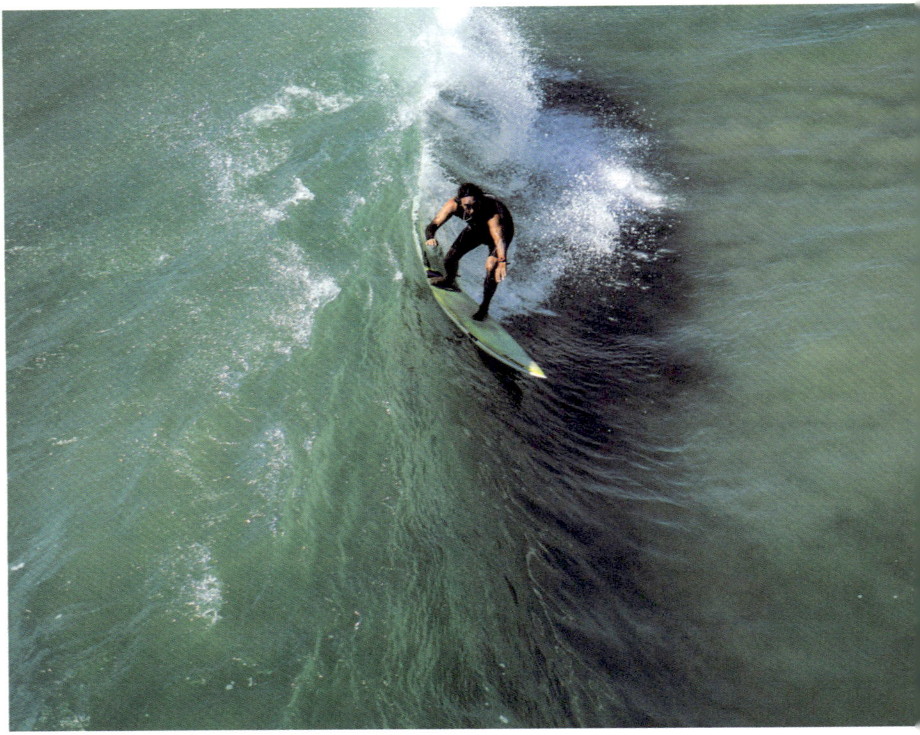

眉妩

·冲浪
（Surfer in Maui, Hawaii)

正汪洋无际，阔海长涛，层涌揽天近。
绿岛沙平处，迎风起，凌波飞激邀引。
缀琼幻蜃，捲玉帘、掀转生晕。
但追逐、一击银霾散，水盈旧痕尽。

冲浪人人争奋。驾万灵滑板，轻跃腾滚。
惊没身犹在，登临舞、翩然离险神振。
泳衣湿紧，更显他、批斩强韧。
趁辉灿粼粼，犁起落千万仞。

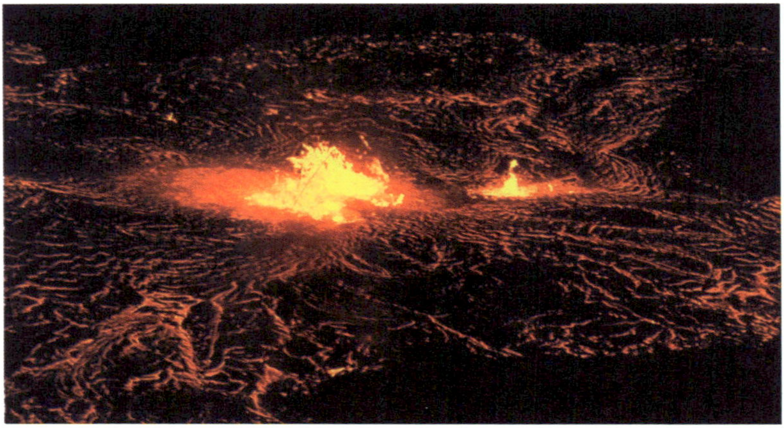

石州慢

·岩浆炽海
(Lava Flow Sea Entry, Hawaii Volcanoes National Park, Hawaii)

迤逦焦滩，低迭墨台，含炽盈液。

蹒跚落跌流稠，隐约铺陈红赤。

海宽水漫，啸嚣热气烟腾，

盘桓拒抵游龙炙。

看角屿新成，任长涛轻击。

寻迹！移山填海，草木沙田，幻如朝夕。

演化经然，地久天长难觅。

此心纠结，更添些许矜愁，

时光难驻追今昔。

遗梦在天涯，怅怀蓝天碧。

诉衷情

· 印第安摹像丘①
(Effigy Mounds National Monument, Iowa)

轻印，华晕，陈迹紊，散丘郊。
妆鸟倩，熊健，踞河皋。

万物仿精描，神交。
晴空云际辽，显光韬。

---

①印第安人在密西西比 (Mississippi) 河边垒筑许多象形小丘，状若鸟、熊等动物形
状和其他图形。

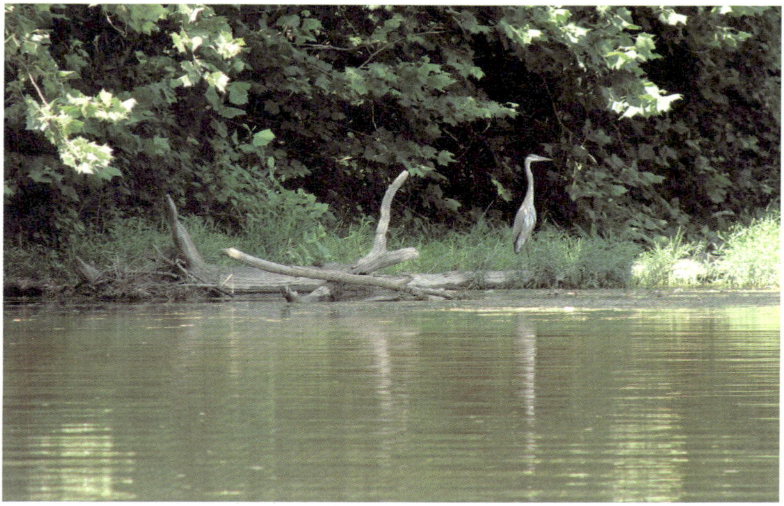

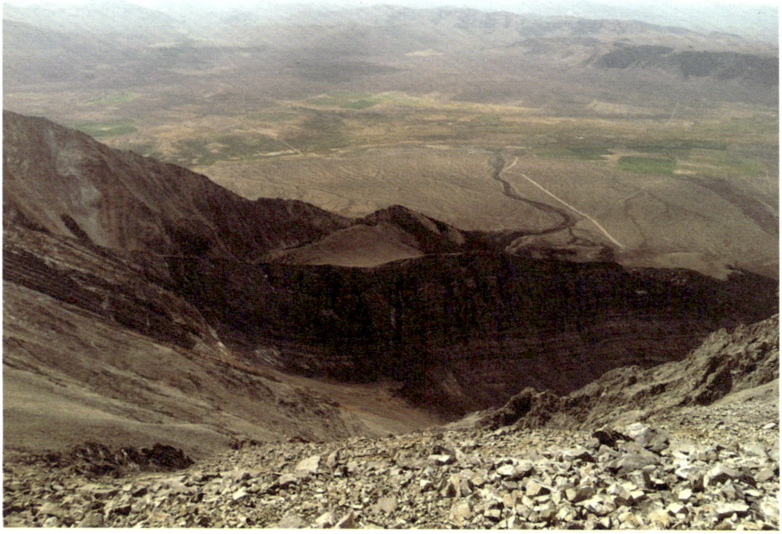

眼儿媚

· 石城
(City of Rocks National Reserve, Idaho)

华岳森森叠崇隆，峦嶂铸沉钟。
隽清滑石，生花笔架，云坠圭峰。

岩城砦堡玲珑透，裂隙满葱茏。
迷思恰在，神来崖断，梦幻崆峒。

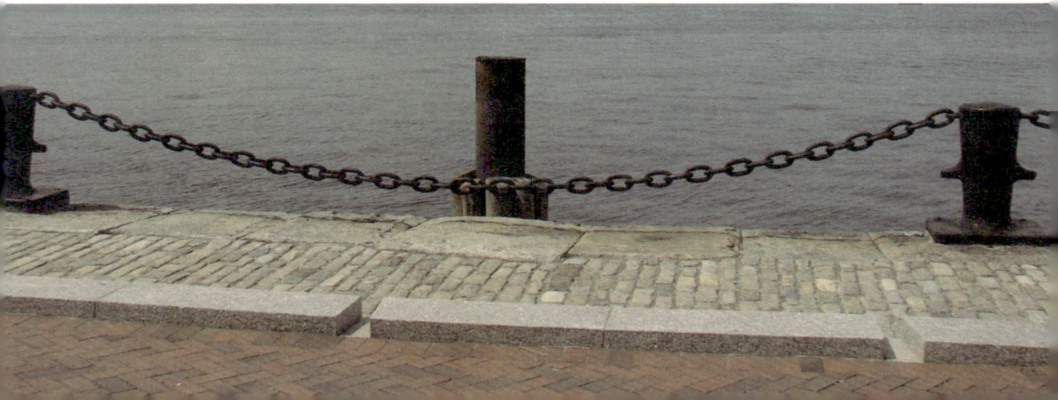

定风波

· 运河闸廊
(Illinois and Michigan Canal National Heritage Corridor, Illinois)

清水涟漪掩碧萝，
弯池直道淌明河。
风散梨花萦石闸，开合，
翠渠飞白漾新涡。

通海连湖漕运久[1]，怀旧，
刻铭镌册誉相和。
遥见游人寻觅处，归去，
近趋再访步轻挪。

---

[1] 此运河系统连通密歇根湖 (Lake Michigan) 和密西西比河 (Mississippi River) 以至墨西哥湾 (Gulf of Mexico)，使芝加哥 (Chicago) 早在铁路大规模普及前就成为重要交通枢纽。该系统 1848 年建成，1933 年停运。1964 年被命名为国家历史名胜。

水龙吟

·舟游芝加哥
(Architectural Cruise along the Chicago River, Chicago, Illinois)

浩波莹浸湖蓝[①]，　天舒云捲熙风软。

河平阙耸，荫深谷狭，摩天楼眩。

寓丽镶晶，馆奢嵌柱，千姿堤畔。

又铁桥梁跨，闸门链启，舟行览，商城倩。

乘兴凭栏向岸，恨回篙、榭亭迎转。

比邻巨厦，卧空城轨，浮幽离远。

喧啸楼林，淡烟湖影，游思神倦。

问繁华好景，坦途歧路[②]，仿追知返？

①密歇根湖(Lake of Michigan)浩瀚如海。芝加哥濒湖，商业中心沿入湖之河集中而建。
②以工商业发展和全球化为代表的物质繁荣相对即取自然的恬静生活，孰为人类
所求？

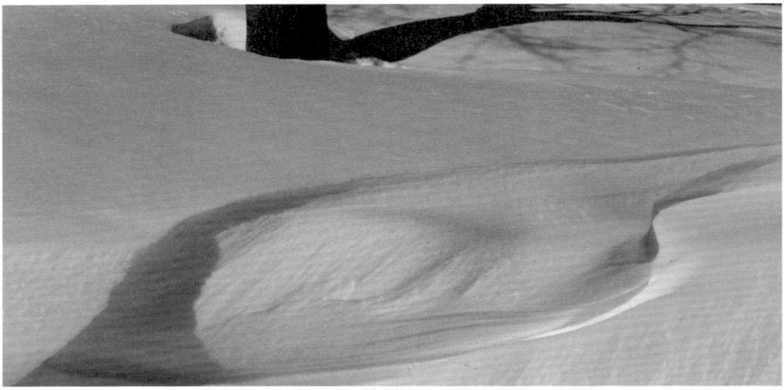

宴山亭

· 克拉克纪念堂
(Clark Memorial, George R. Clark National Historical Park, Indiana)

青石圆穹，阶陛数重，垛丽雕棱擎柱[1]。
威盛典仪，广敞高堂，名将享尊神府。
刻史镌铭，岁尘染、几番风雨。
人聚！正影绰斜阳，有星旗舞。

遥想军勇骁骁，奋力破关营，拓疆新土[2]。
长河峻峡，沃野平川，而今自由来去。
掩卷寻踪，开国梦、追怀英武。
雄举！持剑处、邦图早铸。

---

① 又称多立克 (Doric) 立柱，源自希腊。
② 1779 年克拉克 (George R. Clark) 率队攻下英军在 Vincennes 的堡垒，打开了新成立的合众国通向宽广西部的路。弗吉尼亚 (Virginia) 州借此胜利宣布当时的西北地区即如今的伊利诺 (Illinois) 州和临近范围为它属下的一个郡 (county)。

粉蝶儿

· 堪萨斯草原
(Tallgrass Prairie National Reserve, Kansas)

煦日阳春薄云洗天旷昼，
影离离、广原风骤。
野滩平、草没隙、卧蓬团柳。
向丘坡、偏织毯青绒厚。

经年长梗新叶吐绿堆秀，
曳摇时、翠浮深茂。
有黄花、星点缀、俏枝矜首。
尽天然、何似匠心描就！

86

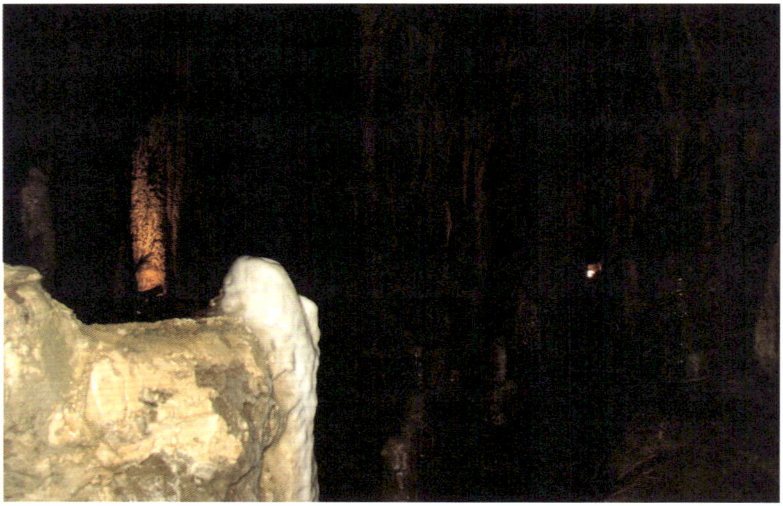

洞仙歌

· 钟乳洞
(Stalactite Cave in Mammoth Cave National Park, Kentucky)

山溪吐玉，卧荫青流泻。
浅帐轻篷露营野。
密林开、白尾花鹿羞惊，
人寻胜，履险偏行洞下。

暗沟清水冷，
屈曲桥横，洞顶岩森叠斜瓦。
侧壁影嶙峋，豁隙盈深，
飞乳瀑、琼帘坠挂。
但秀木绒花石凝成，
却活跳龙虾①，隐幽凭藉。

_____

① Crawfish.

淡黄柳

·市政厅博物馆
(The Cabildo, New Orleans, Louisiana)

厅墙古旧，檐影垂雕刻。

不语沧桑曾显赫。

竞秀西班丽拱[1]，偏似高卢曼沙宅[2]。

换金册，联邦扩张日[3]。

酒交盏，启新历。

莫星条版牒千秋策。

信史悠悠，与楼同在，犹证前瞻卓识。

---

① Spanish Arches.

② French Mansard roof.

③ 1803 年 12 月 20 日，法国在这座楼里正式移交 New Orleans 给美国，随后在 1804 年 3 月 10 日于 St. Louis 交付整个路易斯安娜购买（Louisiana Purchase）涉及区域的控制和所有权。

① Boston Common. 波士顿公地即该市中心公园，为美国最早的城市公园，始建于 1634 年。

② Massachusetts State House. 麻萨诸塞州议厅，位于市中心公园北端高坡上，是"新"州议厅，建于 1798 年。

③ The old State House. 老州议厅，是麻萨诸塞湾殖民地政府所在地，建于 1713 年。楼外是五位最早为美国独立捐躯者倒下的地方。波士顿市民从它的阳台上得知美国独立的消息。

④ Freedom Trail 为大部由红砖嵌砌的导引路径，由波士顿市中心连向 16 处历史遗迹。

⑤ Old North Church(Christ Church in the City of Boston). 老北堂的尖楼就是悬挂著名的"一盏(灯笼)由陆路，两盏(灯笼)由水路"信号，以通告英军行踪的地方。

⑥ Paul Revere 是当年骑马给波士顿市民报信的英雄。

⑦ Bunker Hill Monument. 此碑为纪念美国独立时殖民地爱国者与英军首次主要战役 (June 17, 1775) 而设，位于波士顿北邻的 Charlestown.

⑧ USS Constitution. 宪法号巡洋舰 1797 年下水，是目前世界上最老的仍能靠自我动力航行的军舰。它在 1812 年击退英军五艘主力舰而功名卓著。

桂枝香

·波士顿自由小径
(Freedom Trail in Boston, Massachusetts)

泉奔涌突，恰路转林幽，康门①清郁。

枢院②朱屏高踞，史铭新牒。

老楼③斑驳晴台在，捲长风、英魂飘忽。

巧镶红径④，穿城走港，展延攀越。

忆往岁、平民不屈。计沐堂⑤尖顶，举灯相协。

神勇轻驰报信⑥，妙音传捷。

庞丘⑦苦战丰碑永，正阳春蔓草青彻。

更朦艟⑧泊，云帆幄落，栈陈金钺。

93

摊破浣溪沙

·卡得角高地灯塔
（Cape Cod Highland Lighthouse in Truro, Massachusetts）

小雀低飞瀚海宽，
黄沙平卧绿蒿间。
烟水潇潇泛危岸，
捲长澜。

石塔固迁红瓦暗，
玻灯镶丽粉墙斑。
祈福送宁光照远，
矗高磐。

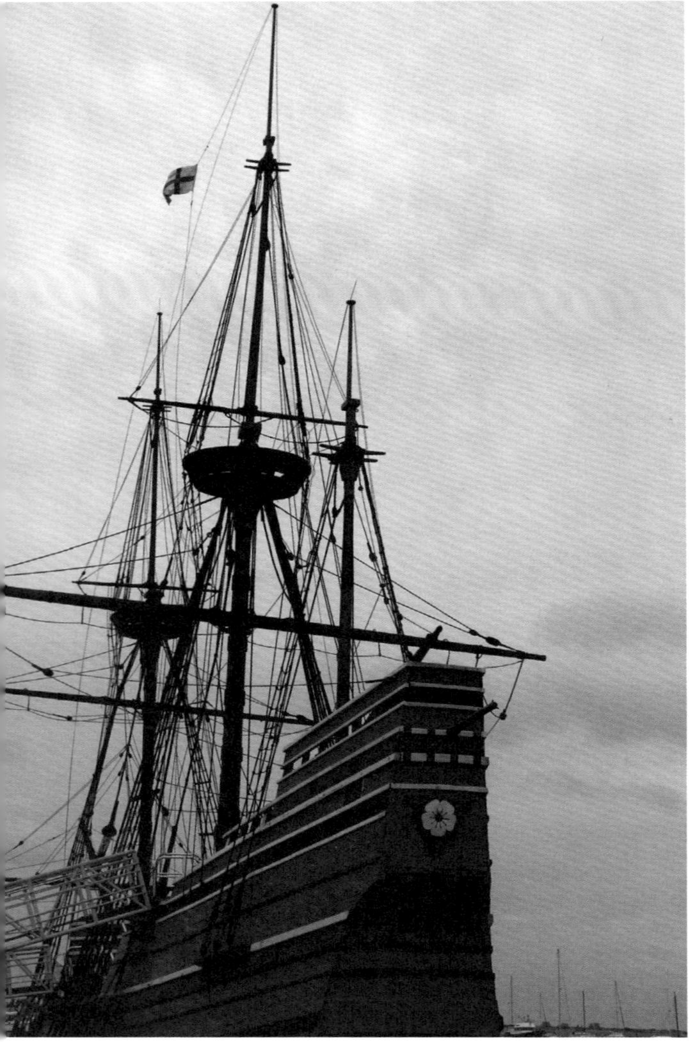

喜迁莺

·五月花号船
(Mayflower II[1] anchored in Provincetown Harbor，Massachusetts)

收网缆，束高桅，闲泊巨帆垂。
梦萦滔海拓新楼，
舱压炮与盔。

殷民[2]怨，何堪忍，广野昊天长隐。
惟花红共约成规，
留得后人追。

_____

①泊港的是按原样复制的高桅木帆船。
②北美印第安原住民。

木兰花

· 波多马克河原景

(Piscataway Park[1] to protect the view of the Potomac River, Maryland)

放艇错横渔影袅，
烟隐练江晨色皎。
汀满树，响莺鸹，
断续应回声杳缈。

守得野闲今似昔，
蒿草浅湾泥淖泽。
凌波潋滟总关情，
真景直教原处泊。

---

①建公园为使河对岸华盛顿故居 (George Washington's Mount Vernon Estate) 周遭环境保持原样。

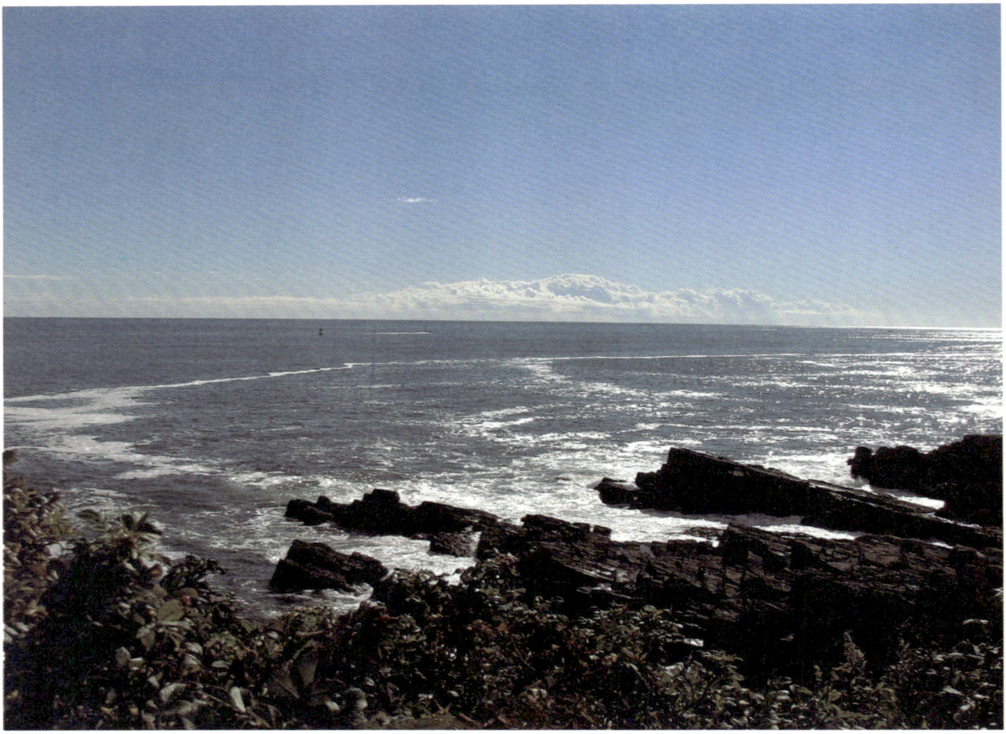

念奴娇

· 雷潭激浪
(Thunder Hole in Acadia National Park, Maine)

云高天阔，望滔海千里，捲银堆雪。
长峙惊涛奔涌处，吞吐无边风月。
劈削坚岩，凌波屏障，危耸琅崖绝。
卧虹贯孔，陡川深隘险阙。

敢对恣意汪洋，敞怀邀浪，腾突蛟龙穴。
万马千军鼙鼓急，呼啸狼烟冲决。
激越临空，骤然泼泻，雷震山崩烈。
石峋新洗，碧潭涡浅纹叠。

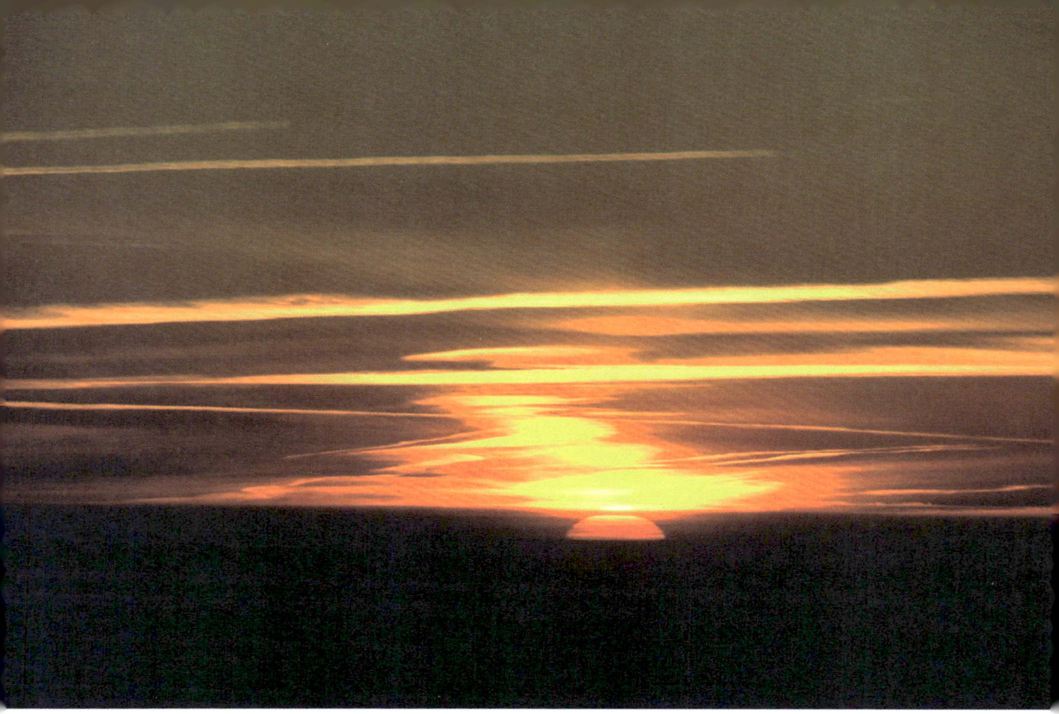

酷相思

· 洞天情跳崖
(Lover' s Leap, Pictured Rocks National Lakeshore, Michigan)

彩壁蜿蜒山迤逦。
揽湖阔、涛声起。
恰天洞盈空弥远翠。
水碧透、涯无际。
浪涌急、边无际。

恨海滔滔绵意恣，
倚崖紧、青松蔽。
奋身许翩飞凄化丽。
此处也、郎心碎。
彼处也、姝心碎。

浪淘沙

· 矿人堡崖
(Miners Castle, Pictured Rocks National Lakeshore, Michigan)

雉堞垒排墩，丈壁城浑。
玉琼崖落隐波门。
偏是连山邀海处，形胜昆仑。

锁矿聚藏真？名谓留痕？
更生石堡镇嶙峋？
怎奈自然神妙事，知与谁闻？

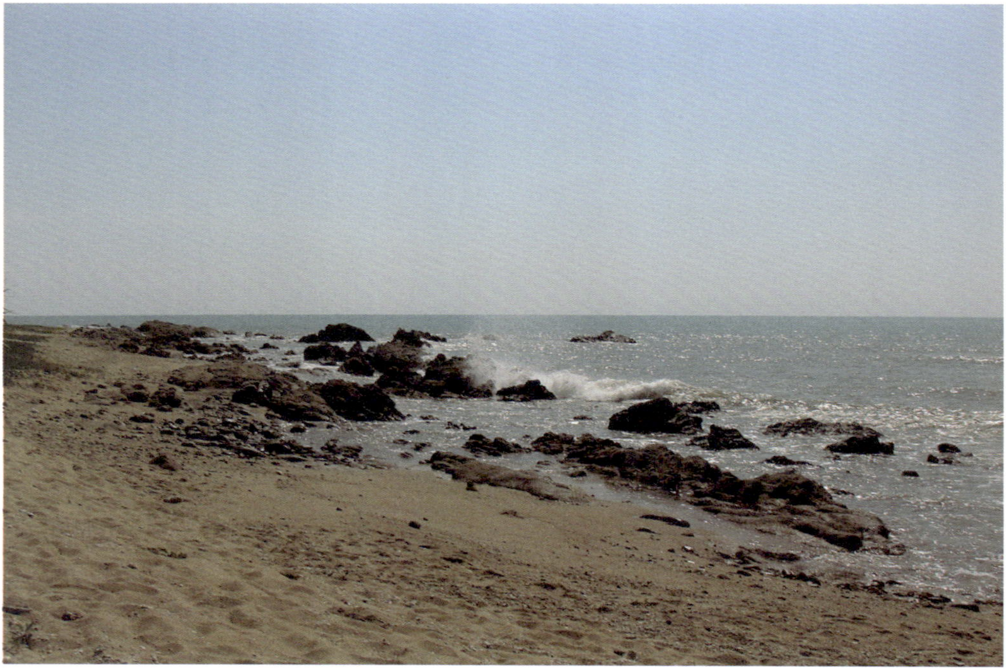

望海潮

· 沙丘瞰湖
(Facing Lake Michigan, Sleeping Bear Dunes National Lakeshore, Michigan)

疏黄茵草，含青绿树，秋空怒放烟晴。

弧岸远湾，灰鸥点点，轻波浣洗沙晶。

云水共寰瀛。

正涛起澜涌，纹浪新呈。

岭下长滩，旅人行迹印分明。

清湖更胜鲲溟。

有仙峦岛列，珠玉洲横。

高论阔谈，仁山智水，从来此事无凭。

神往化情萦。

但旷丘极目，思远心倾。

无限江山，海天遥际慰平生。

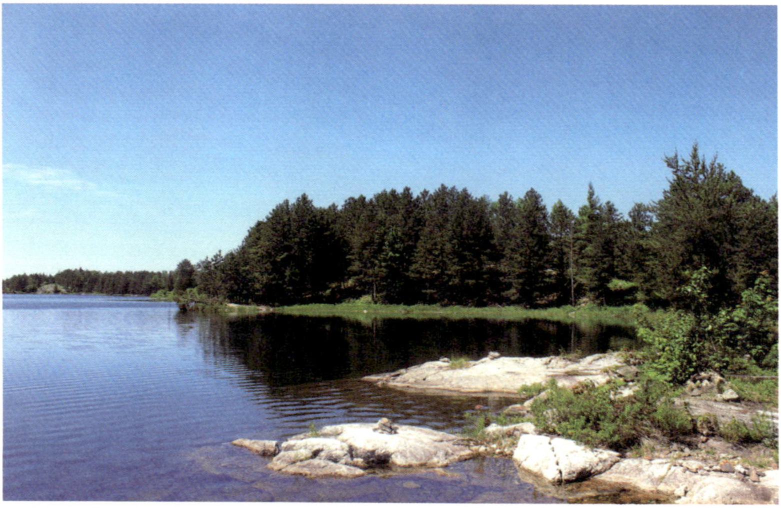

酒泉子

· 船夫航路国家公园
(Voyageurs National Park, Minnesota)

烟水浩舒，
环拥茂林修草。
泛银波，浮浅沼，
串千湖。

潜行舟隐是通衢，
偏断岛隅斜径。
树连阴，云远映，
鹭亲雏。

①印第安尖锥帐篷。

②明尼苏达 (Minnesota) 往南，美国境内的印第安部落惯用斑红或深红色石制管 (Pipestone)，而加拿大 (Kenora Canada) 境内的印第安部落习用黑褐色石制管 (Black Pipe)。

③印第安石管通常在祭祀、征战换俘、易货、医巫等场合使用。

曲玉管

· 印第安管石国家纪念地
(Pipestone National Monument, Minnesota)

远嶂飞云，流川茂草，花岗隐处尖篷[①]挺。
上下千年迁徙，珍觅藏菱，竞芳呈。
刻石形如，柔钩弯管，切磨削琢终成磬。
茂羽纹妆，冉冉烟去扬旌，舞升平。

管透深红[②]，历多少、先人神祭。
更逢宿怨纷争，偏修解恨新盟[③]。
岁峥嵘！
正风临声瑟，采掘场空人寂。
史陈瑰丽，隐失湮闻，演化传承。

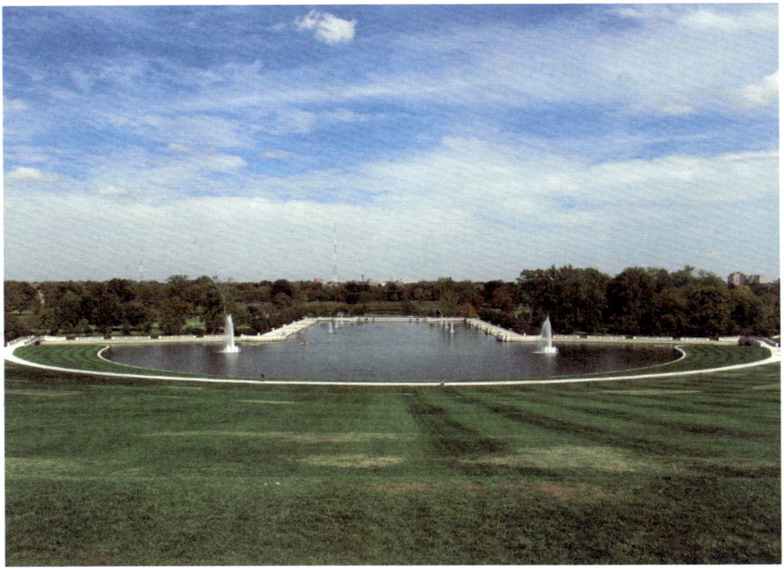

南歌子

·森林公园
(Forest Park in St. Louis, Missouri)

绿锈喷池涌，星空剧苑幽。
高陵博馆叠泉流，
遥看长湖岸柳泛轻舟。

会览①消无影，空遗旧榭丘。
残阳暮色染青洲，
不语枯荣衰盛岁悠悠。

---

① 1904 年世界博览会在圣路易 (St. Louis) 举办。森林公园为其旧址。

西江月

· 拱门
(Gateway Arch in St. Louis, Missouri)

铸阙吞云濒水，
寰门高越凌空。
两端齐矗架飞虹，
翘首奇瞻钢拱。

热浪蒸腾舒臂，
寒流疾劲张弓。
杰英[1]远见启西通，
四季丰碑长颂。

---

①托马斯·杰弗逊 (Thomas Jefferson). 在 1803 年路易斯安那购买法案签字后，时任美国总统的他挑选刘易斯 (Meriwether Lewis) 为探险首领，因此而有从圣路易出发、启动开拓西部的刘易斯和克拉克探险 (Lewis and Clark Expedition)。

---

①马克·吐温所著《汤姆·索亚历险记》(The Adventures of Tom Sawyer)中主人公汤姆。

忆旧游

· 马克．吐温童年小镇
(Boyhood town of Samuel Langhorne Clemens – the famous
Mark Twain, Hannibal, Missouri)

过平川直道，绿染长丘，风啸松涛。
一路惊鸿起，听华车碾路，疾语轻嚣。
老林半掩闲镇，环港遍青茅。
正古屋稀开，新楼不闭，旅肆旗招。

骄骄，写儿稚①，塑盖世灵童，情动神摇。
见木篱斑白，叹徐涂游戏，精黠顽刁。
拾阶更入深穴，干爽胜淋潮。
念险窟危途，凭嬉练就文气豪。

渔家傲

· 美瑞美克溶洞
(Meramec Caverns in Stanton, Missouri)

壁峭荫深风动异，
宏厅密隐仙源底。
侠勇①遁身无迹逝。
穹空里，碧溪明暗幽深际。

路转峰回天绝地，
豁然瀑泻澜飞燧。
钟乳万年神韵魅。
金阙闭，洞开梯石斜斜备。

---

①美国国内战争时期南军游击勇士 Jesse James 在此藏身和成功脱逃，成民间神奇传说。

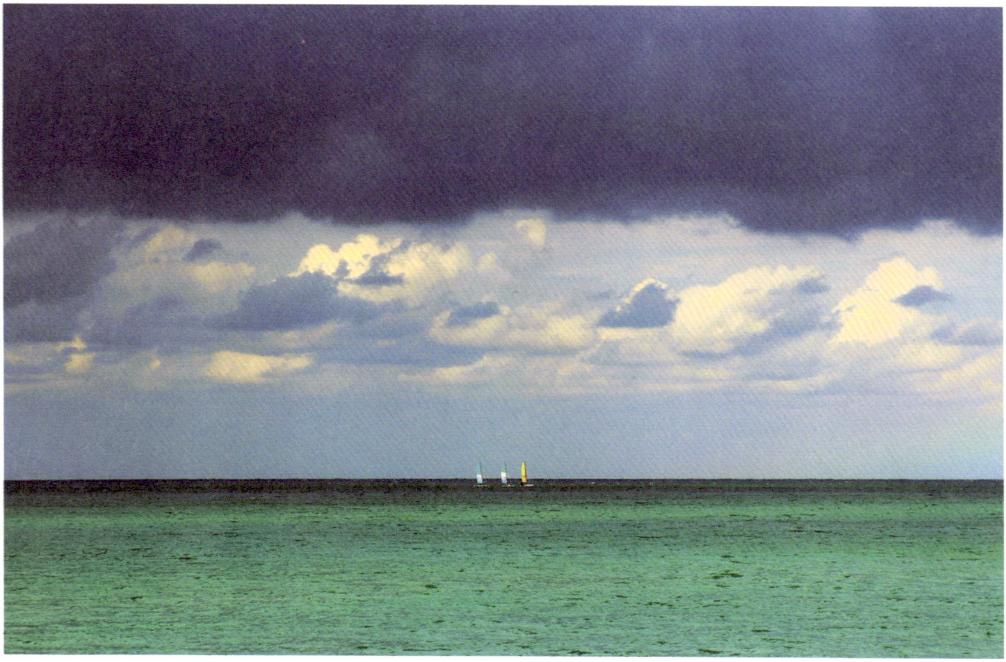

柳梢青

·角屿舟帆
(Sailing Boats around Gulf Islands National Seashore, Mississippi)

沙岸平澹，

高天旷远，碧水辉蓝。

骑浪临风，挂桅亮白，

劲鼓风帆。

放怀引棹张帘，

劈波处、飞凌卧潜。

岛暗幽浮，云消日炽，

闯海方酣。

天香

· 蓝湖含冰
(Lake McDonald, Glacier National Park, Montana)

天沁晶蓝，山呈玉皎，迤逦空灵幽静。
峡谷含冰，湖波映日，杳淼瀛洲清泂。
茂林鸣雀，遥唱和、丽声频应。
凝露新松嫩草，随风曳摇青影。

当年皓圆好景，有东坡[①]、欲归嫌冷。
沉醉诗仙[②]采石，望樯伤永，追月烟江暮岭。
莫非是、神游极天顶，访得蓬莱，文魁梦境。

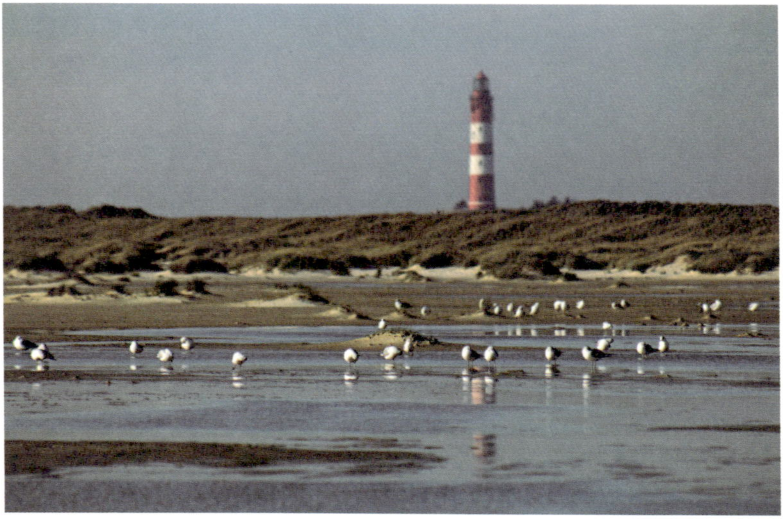

人月圆

· 鸟翔塔影
(Birds and Lighthouse, Cape Lookout Seashore, North Carolina)

沙延滩远清波萦，鸟落满天星。
频交红喙，轻舒白羽，衔尾梳翎。

矗高塔影，擎云探海，孤立风凭。
昊空平野，行深宇宙，心往神倾。

永遇乐

· 野生驯化马
(Feral Horses in Theodore Roosevelt National Park, North Dakota)

芜草干荒，刺丛低伏，坡瘠沟旱。
暗赭平丘，堆岩削壁，野寂虫鸣浅。
铅山影影，沉风飒飒，云淡路遥天远。
断崖边、披鬃交颈，得闲野马无怨。

欧西力士[①]，生来强志，解缚自由成愿。
峭岭空山，草滩河曲，驹衍天行健。
褐灰棕黑，杂毛五色，蹄奋武英神隽。
欣然信、原生自在，竞存择善。

---

① Feral Horses 是逃归自然界的原西班牙殖民者带到美洲的驯化马后代，在野生环境中自我繁殖。近数十年被归入受保护动物之列。

①居耕地法案，The Homestead Act of 1862.
②美国中西部的高草平原，tall grass prairie.
③首申地上的 Freeman School 犹存。

鹊桥仙

向西有度，向西无度，
　　立法拓西授土[①]。
阔天高草是荒原[②]，
创家业、蓬车蓝缕。

宅居栽树，屋成梁具，
　　最重建庠哺吐[③]。
生根落地牧耕安，
岁岁盼、清风和煦。

①美国当年开拓西部诸路皆须穿越司各茨绝壁群而由平原进入山地。

② Eagle Rock 和 Crown Rock 是司各茨绝壁群五大名岩中的两座。

一剪梅

· 司各茨绝壁群[①]
(Scotts Bluff National Monument, Nebraska)

千里平畴顾盼遥。
石阁凭高，绝壁凌霄。
鹰岩突兀冕崖涧[②]，
风也萧萧，岭也峣峣。

蓬筚西行险路迢。
野墼虫螫，荒漠沙嚣。
斜轮颠碾过山坳，
去亦心焦，回亦神憔。

最高楼

· 雕塑家园①
(Saint-Gaudens National Historic Site, New Hampshire)

天空阔，循道曲蜿蜒，
探艺苑庭宽。
青枫新湿霏微后，
丽花浓淡俏妆妍。
隐楼台，林匝绕，显山峦。

巧布局、逼真群像立，
近体察、赋神风采奕。
凝塑就，竟如磐。
刻雕技绝赢尊宠，
寻荒野径只消闲。
贯山风，沐晓露，日高悬。

---

①原为铸币雕刻家 Saint–Gaudens 的夏日居所。

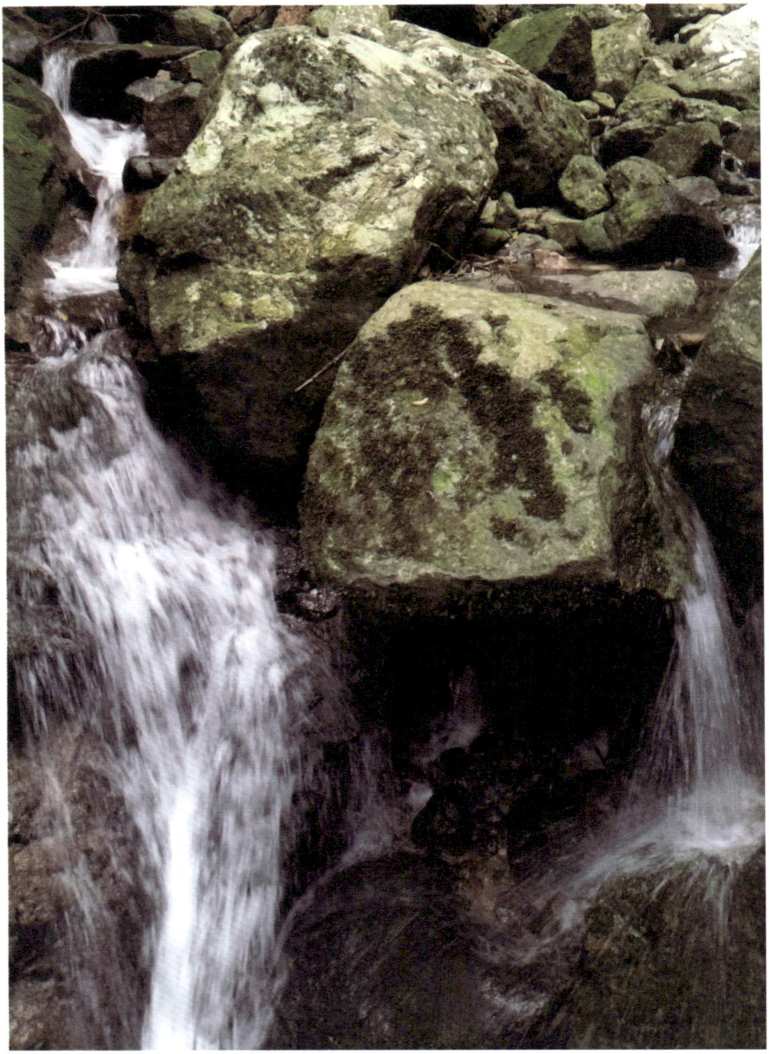

夜飞鹊

· 派特生飞瀑
(Paterson Great Falls National Historical Park, New Jersey)

岩崎涌流急，清爽飞莹。

冲决泻落珠缨。

高崖竖壁尽濡沫，隙阴层藓苔青。

闻宽瀑催鼓，汇奔波烟水，驻闸拦荆。

前驱创意[①]，引工商、百业恢宏。

谁识冷荒平野，兴制造园区，开埠人增。

偏是争贤齐集，能工巧匠，名重丝城[②]。

怅游旧地，问沧桑、往事峥嵘。

但枯荣衰盛，风骚各领，久望长汀。

[①] Alexander Hamilton 1792 年倡导在水力资源丰富的该地建立美国最早的工业园区之一。

[②] 该地除了棉纺织、火车头制造等工业，尤以丝织印染闻名远近，故称 Silk City（丝城）。

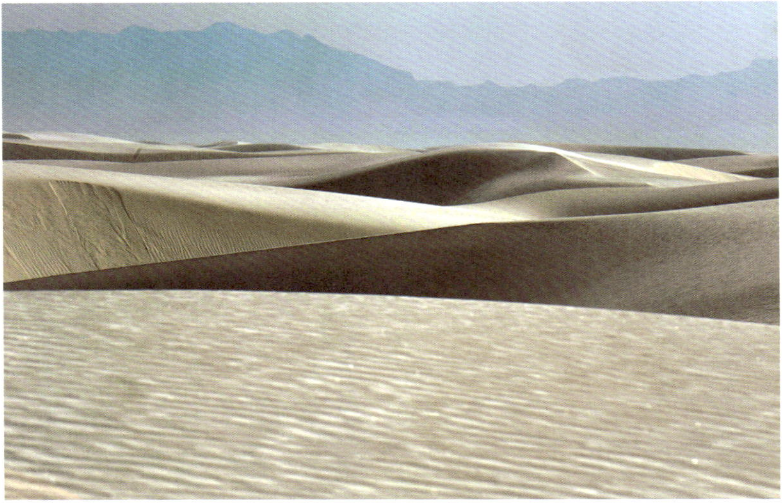

江城子

·白沙
(White Sands National Monument, New Mexico)

凝波纹细际无涯，
遍丘窪，白晶沙。
堆琼砌玉，满地洒精华。
云丽风停晴炙炙，
千顷雪，夕阳斜。

踏莎行

· 火山锥望五州
(Capulin Volcano National Monument, New Mexico)

坡道痕深，牧场翠浅，
登临回望平川远。
攀高揽胜觑天锥，
穴开镈陷惊生汗。

峦岱含烟，晴风扑面，
神飞气爽游人羡。
绵山悠谷竞分明，
五州①云景依稀见。

①据说在晴好天气时站在火山锥顶能看到五个州 (New Mexico, Arizona, Oklahoma, Texas and Kansas) 的地标或景致。

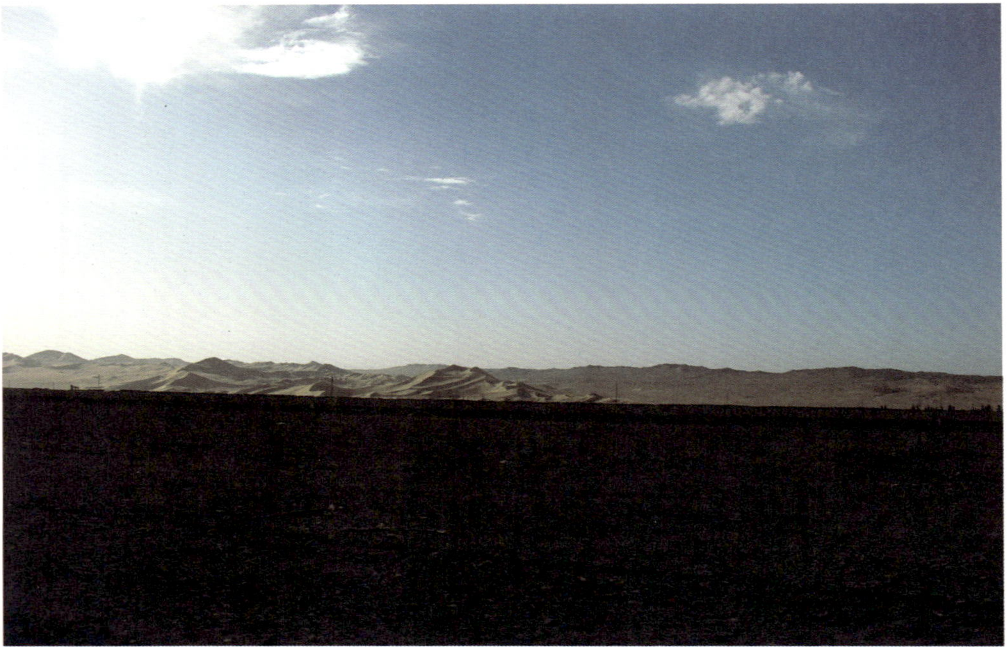

太常引

·恰可文化遗址
(Pueblo Bonito, Chaco Culture National Historical Park, New Mexico)

荒墟残舍散符幢，

垣毁废圆堂。

惆怅向平冈，

看几度、凋零败亡。

称衡基瓦①，通厢守秘，

南北贯明墙。

追日晷归藏，

恰映照、灵辉智光。

---

① 基瓦 (Kiva) 是祭祀或其他大型活动的场所，为圆周形建筑，分布在正指南北的通墙两侧。

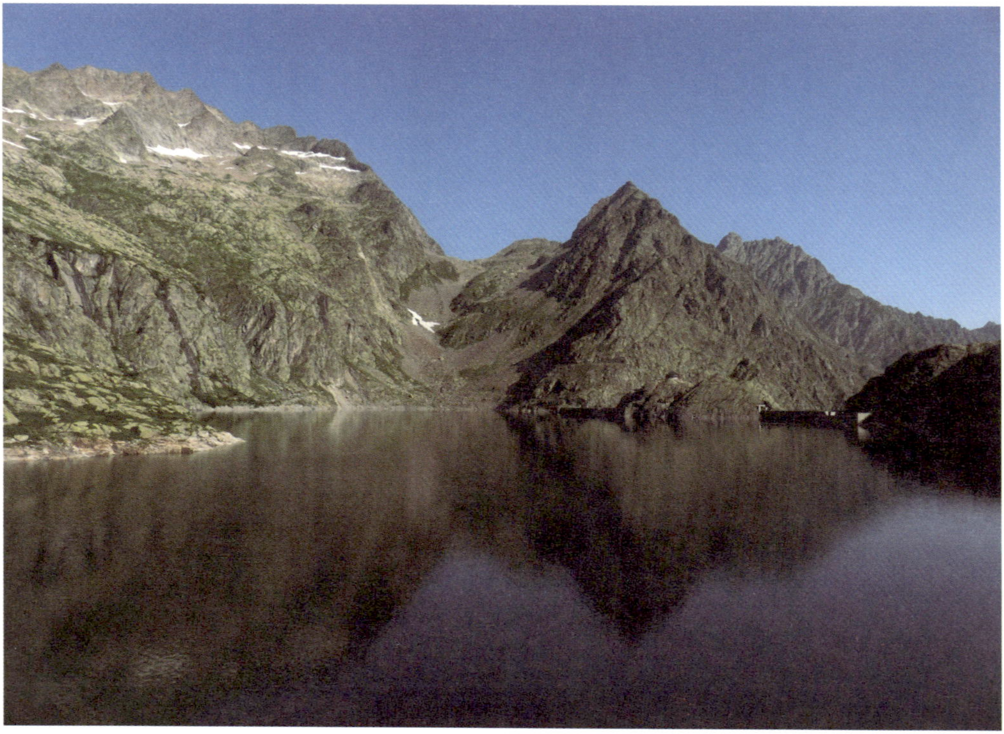

疏影

· 星湖映惠峰
(Stella Lake near Wheeler Peak, Great Basin National Park, Nevada)

云开岭迭，见峻峰挺拔，萧肃凝冽。
石脊荒丘，深豁阴坡，犹栖皎姣残雪。
针杉暗喜寒霜激，但顾自、星繁孤孑。
映昊天、镜泊灵湖，一派水清冰洁。

轻织缠绵好景，拥峦入浅沼，形影交叠。
远道追郎，绝弃烟尘，守寂低眉垂睫。
偏生伟岸英崖立，向旷野、任由刚烈。
若不知、怀玉怜香，怎解两情相悦？

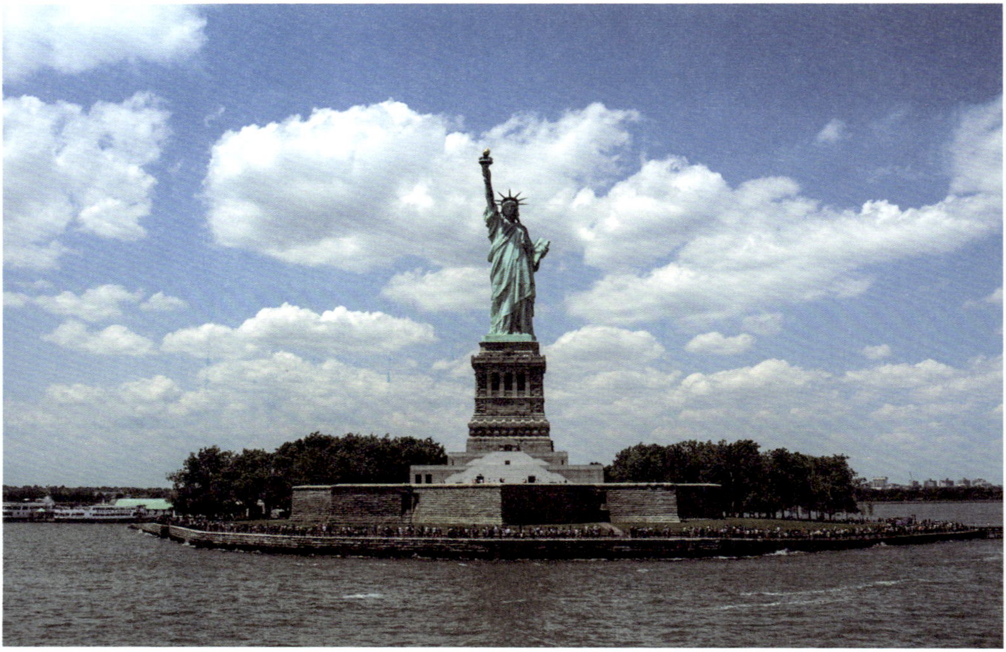

高阳台

琼岛飞鸥，平波竞渡，轻舟碧海天宽。
石础精雕，女神昂立高坛。
垂袍振臂曦光举，唤自由、世纪风传。
对长涛、召领生灵，眷顾新迁。

家园织梦何方是？看楼齐车驶，殖货千般。
财富全凭，无拘创意争先。
百年奋励张扬志，本生来、平等齐肩。
向周寰、倡诵心言，辉耀人间。

蓦山溪

·尼亚加拉瀑布
(Niagara Falls, New York)

苍峦碧水，彩镜平如洗。
涌绿泻深川，响隆隆、飞帘滑坠。
谷音回远，萦怪石嶙森，山染霁。
烟壑里，小雀归巢喜。

游舟逐浪，奔突轻盈驶。
搏涧急流湍，奋向前、凌波竞技。
玉珠金豆，共雨雾倾盆，连罩落，
云帐起，身湿晴川翠。

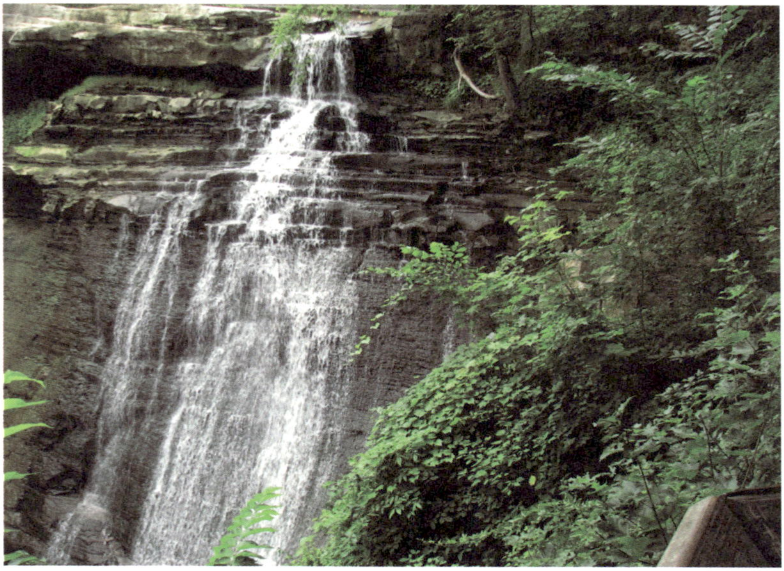

蝶恋花

· 白兰迪瀑布
(Brandywine Falls, Cuyahoga Valley National Park, Ohio)

溪涌淙淙清冷水。

漫覆平崖，辗转千层陛。

白练银辉青石淬，

瀑飞帘落烟生霁。

谷底回声萦绕起。

幽苑空庭，珠玉摇环佩。

不意石阶琴瑟汇，

流弦一曲轻歌丽。

①Cherokee 为原住民，祖辈居于现今美国南部田纳西(Tennessee)、肯塔基(Kentucky)、佐治亚(Georgia)等州。
② India Removal Act of 1830. 根据此法令，切诺基(Cherokee)人被强迫迁往如今为奥克拉荷马(Oklahoma)州东部的印第安人区域，以 Tahlequah 为首府。

阮郎归

· 泪之途
(Trail of Tears and Cherokee Heritage Center，
Tahlequah, Oklahoma)

架梁糊壁是柴庐，
平安切诺居[①]。
巧编新织绞藤梳，
堪成篮景如。

催令[②]紧，苦无辜，
忍悲携妇孺。
穿林涉水病迟徐，
泣声洒泪途。

①在 1803 年路易斯安那购买法案签字后，时任美国总统托马斯·杰弗逊 (Thomas Jefferson) 启动对新领土尤其是落基山以西的探险和了解。他挑选刘易斯 (Meriwether Lewis) 为探险首领，克拉克 (William Clark) 被刘易斯任为副手。位于 Seaside 的雕像即为纪念此处为探险终点而建并在 1990 年落成。

②雕像中还有作为探险队一员、名为 Seaman 的狗。

霜天晓角

· 刘易斯和克拉克①雕像
(Statue of Lewis and Clark in Seaside, Oregon)

濒滩望海，甘苦功名载。

千险启通西路，

行万里、明边塞。

拓邦疆土改，先人留远隘。

忠犬②不离同守，

奔潮涌、青云黛。

153

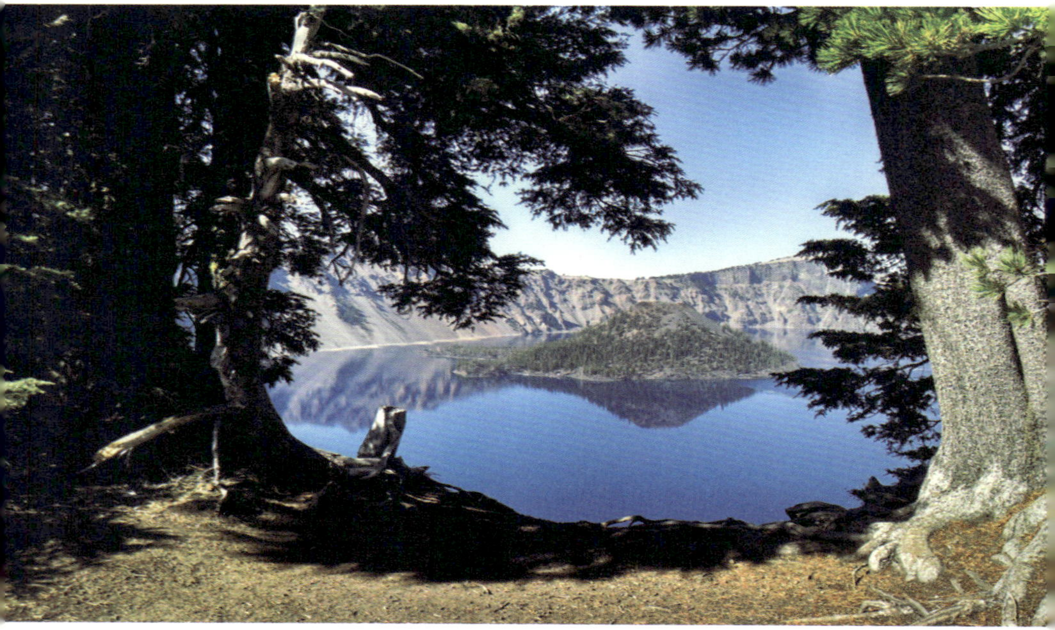

雪梅香

·火山口湖
(Crater Lake, Klamath, Oregon)

薄云散，群峰紧踞锁平潭。
泻流沙沉远，偏由险峻危岩。
孤岛零丁树生翠，片滩浮袒水轻淹。
九天阔，浪寂风停，湖沁深蓝。

非凡！火山口，历劫沧桑，纵想犹酣。
朽柏盘根，或言厄难何堪？
斗转星移换今昔，世稀宏景久观瞻。
人文趣，问理洪荒，情至心潜。

---

① 1777 年冬，在 Valley Forge 休整是华盛顿（George Washington）统率的民军由弱趋强、转危为安的转折点。

②华盛顿选择部队修整的扎营地正巧名为 Valley Forge（锻铁谷）。

③ Nathanael Green 将军后期主事辎重供应。

④被延聘的 Baron Von Steuben 用德国的军事条例训练联邦民军。

兰陵王

· 锻铁谷休整①

(Valley Forge of 1777–1778, Valley Forge National Park, Pennsylvania)

朔风烈，云压千堆弄雪。

行军苦，长涉此番，足下无毡冻呈血。

移师谷锻铁②。冰冽，艰辛不屈。

星州战，年去岁寒，薪火盘营冶风骨。

疗伤得初歇。更局促饥餐，衣食稀缺。

林间横木围栖穴。

寻举措能将③，运筹粮草，

知亲孺妇共守协，冷冬唤人热。

提挈，志殷切。

引普鲁成规④，循训依辙。游兵散勇成精卒。

再对阵交手，整齐分别。

图存坚忍，化险逆，竟转折。

① Independence Hall 建于 1753 年，为佐治亚 (Georgia) 风格的红砖建筑，附有钟楼和尖顶。

② 美国最早的国旗由 13 道红白相间的条纹组成，上缀 13 颗白色蓝底五星，代表最早建国的 13 个州。

③ 1876 年时美国铸有百周年钟，现悬挂于独立宫钟楼上。原初的旧钟陈列在独立宫对面的展厅里供观览。另外，英女王伊莉莎白二世 (Queen Elizabeth II) 在 1976 年美国二百周年庆时，将由原铸钟厂比照原钟重铸的双百周年钟赠给美国人民作为纪念。

满庭芳

·独立宫①和自由钟
(Independence Hall and Liberty Bell, Philadelphia, Pennsylvania)

青草盈坪，琼花吐艳，煦日轻裹和风。
振旗飘舞，招雅阁明宫。
多少星州②旧事，频回首、睿见初衷。
英伦远，自由独立，北美富强同。

雍容！追往昔，尘烟洗礼，鑫紫铜钟。
岂因裂痕生，衰减音隆。
此去蹒跚耄耋，新厅里、比丽双雄③。
霄楼上，高悬复铸，民享锲铭从。

醉花阴

· 海滨豪宅

(Bellevue Avenue Historic District in Newport, Rhode Island)

曲径华园深宅透，
玉殿繁花镂。
寒铁错金门，
绿树蓬天，夹道阴遮昼。

驻崖临海清风骤，
看涌波追皱。
天竞浪淘沙，
聚富云烟，过隙时光秀。

锦堂春慢

· 洪泛沼林
(Flood Pain Forest, Congaree National Park, South Carolina)

蓬盖遮阴，幽林染翠，浮斜朽木孤横。
老树裙身，平镜倒影清呈。
落谢但随秋去，艳发春到重萌。
绿锁深隐处，往复循环，无数年庚。

也知洪来波去，任新枝败叶，每岁枯荣。
凝就根皱纹显，冷寂无声。
却念人生历苦，对此景、尤暗伤情。
厄困煎熬辗转，生死悲愁，起伏消停。

望远行

· 总统山
(Mount Rushmore National Memorial, Keystone, South Dakota)

长空碧透，青松拥、峻岭连天崖嶂。

石开岩削，塑凿群英，总统俊容豪壮。

彩帜星旗，风捲舞飞灵动，阿美利加[①]轻唱。

道盈人、昂首欢颜景仰。

追想，乔治[②]领衔问政，去贵胄、自由民享。

杰弗[③]拓西，逻斯[④]励治，无敌国威弘广。

维系邦联林肯[⑤]，拘奴宣弃，信史铭言回荡。

秉共和明识，清辉交漾。

[①]《美丽的阿美利加》(America the Beautiful) 是美国一首受欢迎的歌曲，几乎与其国歌一样脍炙人口。

[②] George Washington (1732–1799)，北美殖民地反抗英军的民军总司令，也是美国第一任总统。他相信强大的国家基于民治民享的共和制。

[③] Thomas Jefferson (1743–1826)，美国《独立宣言》的主要作者，美国第三任总统。在其任内美国国土向西部扩展。

[④] Theodore Roosevelt (1858–1919)，第二十六任美国总统。他熟悉海军事务，推动巴拿马运河开通，并以美国舰队向世界宣示力量。内政上强调实行公民分享。

[⑤] Abraham Lincoln (1809–1865)，美国第十六任总统。他在美国国内战争中维护联邦统一并取消了蓄奴制。

①见《国语·周语中》："野有庾积。"
②指地质图谱。

醉花间

·瘠土公园
(Badlands National Park, South Dakota)

惊回顾，莫回顾，惟见荒原伫。
流土蚀尖堆，误作囷仓庾[①]。

岩砂朱色露，曲壑层纹著。
奇书[②]载古今，恒久文章诉。

贺新郎

· 烟岭远望
(View of Smoky Mountains National Park, Tennessee)

高岭生烟峙。
湿青松、漫丘坠谷，捲云环佩。
崖断斜坡疏草里，妆点娇柔花卉。
薄霭散、蓝峰如洗。
寥廓明空低树影，卧远山舒展千层翡。
重叠嶂，雾呈霁。

平生梦向苍茫寄。
岁悠悠、巍岩难毁，茂林常翠。
写尽古今沧桑意，更有薰香兰芷。
恰映照、江山兴废。
激奋思齐先贤志，道新声理寓乾坤义。
纵失落，总无悔。

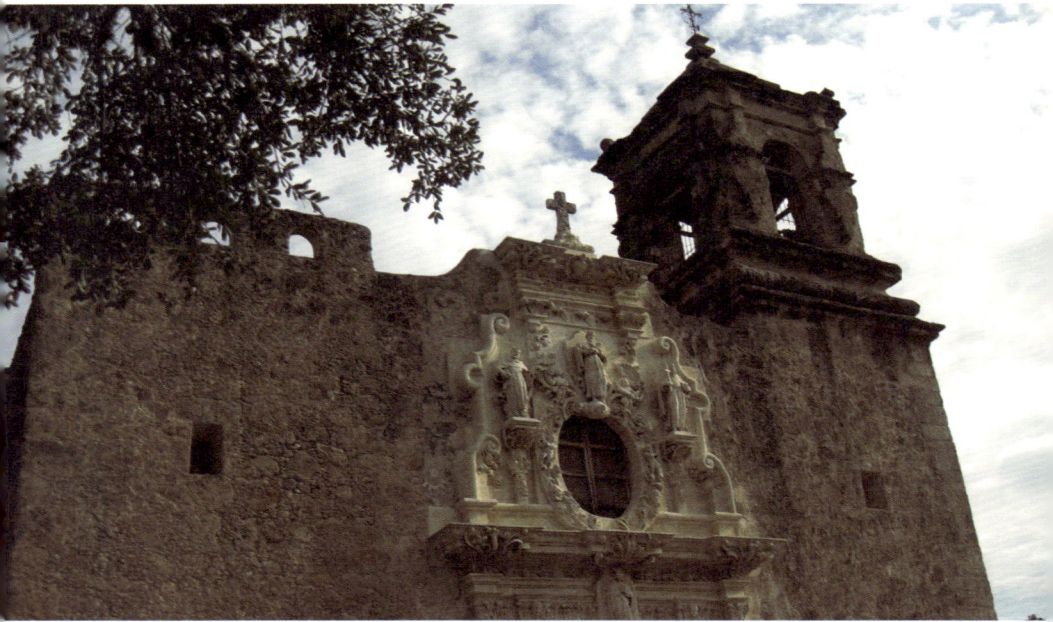

① 1731 年迁入 San Antonio 区域时，由原建于 1690 年的 San Francisco de los Tejas 改名为 Mission San Francisco de la Espada. 教堂于 1756 年建成。
②为宣教化民，教导本地居民先进的农耕和手工业技术。

昭君怨

· 艾斯巴达教堂[1]
(San Francisco De La Espada, San Antonio, Taxes)

石屋高堂教宇，欧陆西来远旅。
斑驳壁生彤，蠹悬钟。

宣作犁田驭马，锻铁织衣筑舍[2]。
为主化凡尘，利生民。

朝中措

· 奥瓦查摩石桥
(Owachamo Bridge, Natural Bridges Monument, Utah)

石梁横越薄云霄，
额手仰岌岌。
憔悴老岩风蚀，
凭空高筑天桥。

荒坡干壑，朽枝败草，
偶绿新茅。
直许荷舟行棹，
唤来甘雨淋浇。

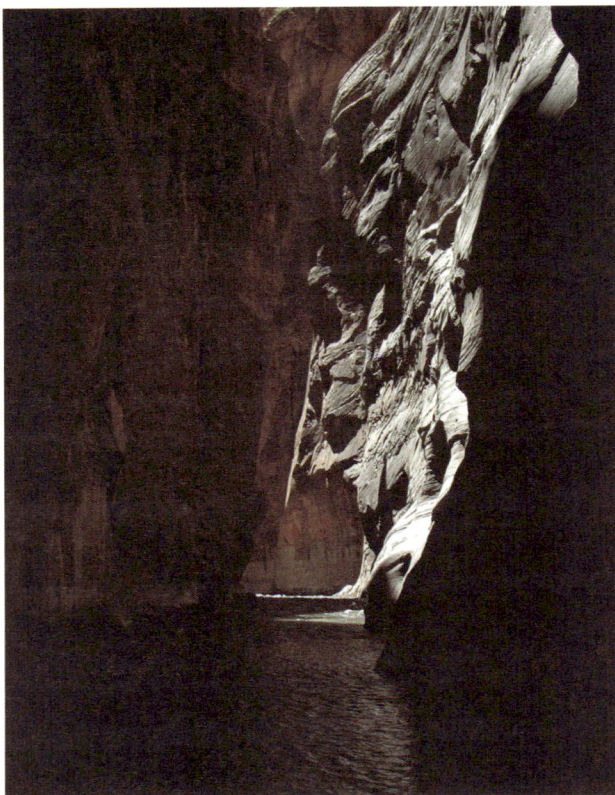

南乡子

·地道
(Subway in Zion National Park, Utah)

洞裹浑峦，穴回绕远窄连宽。
转侧惊神心紧缩，
眉蹙，却见潭深池墨绿。

破阵子

褐彩岩台直耸，绿茵矮树丛丛。
纹理分明侵削壁，偏认攀天拔峻峰，
淡烟长峡空。

谷底清流绕缓，轻行石聚沙松。
不尽万年雕琢事，换得江山改貌容，
难寻沧海踪。

①石拱带着颜色深浅不一的道道渍印，由崖壁延伸跨越，犹如斑马引颈嘶鸣。
②石拱附近岩石上有折线纹、掌形纹、象形图纹等各种史前刻纹，无人能解读其意。

天仙子

· 卡奇那石拱
(Kachina Bridge, Natural Bridges Monument, Utah)

龙马长鸣斑颈脊①，
拱高虹丽圆空逸。
先灵远久漫寻踪，
岩坎蚀，锲纹刻②，
叙事寓形谁鉴识？

---

①峡谷内的地表地质构造经千百年雨水霜雪侵蚀而为成片石林，看去若威严军阵，亦如塔林殿群。"雷神之锤"是一高秀于林的石柱，其顶端悬有径围大于柱身的巨石。

小重山

· "雷神之锤"①
(Thor' s Hammer, Bryce Canyon National Park, Utah)

腊腊山风驱薄云。

惊擎锤傲立、是雷神。

恍如壮士御林军。

戎装整，旗鼓伴征尘。

玛瑙玉纷陈。

更丹青叠彩、绕迷津。

万千奇塑炫雕痕。

晴空里，堆塔殿无垠。

忆江南

·碧空石虹
(Rainbow Bridge National Monument, San Juan County, Utah)

危崖挺，跃一拱弯虹。
浩宇晴蓝空碧远，
丹朱赤褐架崇隆，
奇险乃天工。

鹧鸪天

· 鹅颈弯深谷
(Goosenecks State Park, San Juan, Utah)

云影高塬赤石磐，
层岩粗砾半空悬。
水低流缓鸿沟切，
河曲连连鹅颈弯。

崖削立，怵惊颜，
漩回浪涌暗波澜。
谷深千仞沉烟里，
新绿丛丛是浅滩。

醉蓬莱

·奇石双拱
(Double Arch, Arches National Park, Utah)

似雍华古堡，障阙明悬，岘岩朱炽。
豫象依群，有乖儿伸鼻。
跨拱孪生，振穹分野，跃跃横空势。
广宇希音，针松点绿，碧天如洗。

淡褐轻红，柱高梁细，旖旎浮奢，石宫奇异。
崖殿寰中，仰浩天呈瑞。
立壁层纹，错簇深浅，岁月无声徙。
幻境遐游，扶摇追远，入神心醉。

---

①早在去美洲之前，约翰．史密斯在东欧的战事中就在决斗中三次击毙土耳其军官。
②初期殖民生活极其艰难，不能容忍任何人寄生或不劳而获。约翰·史密斯声称 "That he that will not work should not eat."
③当地部落头领之女 Pocahontas 使得约翰·史密斯保全性命，促使他与原住部落和平相处。

渡江云

· 首领约翰．史密斯
(Captain John Smith of Colonial Jamestowne, Virginia)

任凭滔海阔，踏波履险，逐利拓边隅。
本来英武魄，决斗当时，突厥将先诛①。
平滩首领，起营帐、巧筑新庐。
明律令、勤劳方食②，勉力聚仓储。

先驱！艰辛阅历，浪漫传奇，享开疆盛誉。
亲测勘、荒川芜岭，细绘行图。
携来老到英伦笔，却写就、惊厄奇书。
和土著，窈窕凤女③邻间。

189

---

①此园由 George Perkins Marsh 在 19 世纪创立，再由 Frederick Billings 接手，然后由他的孙女婿 Laurance Spelman Rockefeller 承续并将土地捐献出来成立了国家历史公园。

卜算子慢

·马–毕–洛园环保①
(Marsh–Billings–Rockefeller National Historical Park，Vermont)

风泠送爽，林茂满丘，苑隐沁香兰芷。

北国清盈，绿黛丽园生翠。

巧镶栽、楚楚奇花卉。

坐爱处、枫红夕照，坡斜叶掩楼邸。

守护人开启。竟代代关情，秉持相继。

返朴天然，耿耿志存不坠。

有轩园、知会平生意。

但记得、薪传义举，便神循心系。

①西雅图 (Seattle) 被冠为绿宝石城 (Emerald City)，也称作花城 (City of Flowers)。在它的市区就能远眺山巅经年覆盖冰雪的瑞尼尔山。

汉宫春

· 瑞尼尔山秋景
(Autumn at Mount Rainier, Washington)

绿宝花都①，望远山宁谧，高卧云端。
攀缘几近，始知冰雪犹寒。
茵黄隽紫，满斜坡、好景斑斓。
浑不觉、风清日煦，难分秋肃春蕃。

光影抹金移白，笼巅尖岭脊，巧换容颜。
闲鸣一声雀起，惊懈神专。
微岚拂爽，醉游人、天旬桃源。
今入得、灵霄仙境，怎生思想回还？

潇湘神

· 秃鹰
(Bald Eagles at American Camp,
San Joan Island National Historical Park, Washington)

栖秃鹰，栖秃鹰，
喙黄颈白目双凝。
辽远疾音犹自警，
临风张羽化翔腾。

长相思

涌浪舒，涌浪徐。

轻洒平滩连陋隅，

纹沙含粉朱。

浅湾孤，浅湾弧。

郁郁林森锁静虚，

人间烦扰无。

---

①苏必利尔湖 (Lake Superior)。

画堂春

· 海涵洞
(Sea Caves, Apostle Islands National Lakeshore, Wisconsin)

碧澄水拢柱圆柔，
倚崖天筑宫楼。
石钟妍彩镜中浮，
岩洞深幽。

浩瀚苏湖①胜海，
凭风激浪优游。
凿雕濯洗竟无休，
岁月悠悠。

临江仙

·铁桥晴雾
(New River Gorge Bridge, New River Gorge Preserve, West Virginia)

雾锁峡门青岭蔽，
镂桥高架凌空。
翠河流响觅无踪。
气腾云涌，奇幻化飞蒙。

天上坦途车疾速，
不知幽谷深崇。
晨光新洒野林葱。
雨晴相间，添彩是钢虹。

①此泉为地热温泉。

②它很少喷发。

③疏于管理引起的堵塞，使得因地热带来的各种细菌减少，造成温泉附着的美丽色
彩面临褪色危险。

减字木兰花

· 晨辉塘
(Morning Glory Pool in Yellow Stone National Park, Wyoming)

隽池七彩，羞煞娇娘施粉黛。

潜隐汤泉①，冷艳清盈玳瑁斑。

居安忍啸②，最是温恬神窈窕。

困堵堪忧③，为失天塘顾自愁。

①老忠实泉得名于其日复一日地重复喷发，从不间断。

离庭燕

· 老忠实泉
(Old Faithful Geyser in Yellow Stone National Park, Wyoming)

玉气蒸腾喷射，冰澈冷泉清泻。
水幕障天擎柱立，皎霁向空挥洒。
叠屿漾云汤，漫溢琉璃池罅。

虹际烟霾轻化，新湿草低平野。
间歇历来忠实至[①]，海誓山盟风雅。
忍叹遍人间，难得一言凭藉。

①遥远的传说描述七个小女孩玩耍遇大熊追逐，遂躲在岩石后祈祷神灵佑助。岩石攀升增高直达天际化为魔王塔山。大熊扑石留下爪印，却被塔山牢牢阻挡而够不着小女孩。女孩们由高耸入云的塔山飞天而成 Pleiades（七星）。此当为中国习惯称谓的昴宿七星团。

清平乐

·魔王塔
(Devils Tower National Monument, Wyoming)

巍危若牝，
排柱嚣崚峻。
立壁陡升攀拥奋，
顿遏顽熊爪印①。

七仙窈女还生，
笑盈归梦瑶庭。
银汉长津恨远，
犹怜晶昴团星。

https://pixabay.com/

有如下申明：

All images and videos on Pixabay are released free of copyrights under Creative Commons CC0.

为采用它的部分景点图片特在此鸣谢。